Mörderische Beziehungen

Zweiter Fall für Lisa Breuer

Manuela Kusterer

Mörderische Beziehungen

Zweiter Fall für Lisa Breuer

Handlungen und Personen in diesem Kriminalroman sind frei erfunden. Ähnlichkeiten mit lebenden und toten Personen sind nicht gewollt und rein zufällig.

Bibliografische Information der Deutschen Nationalbibliothek: Die Deutsche Nationalbibliothek verzeichnet diese Publikation in der Deutschen Nationalbibliografie; detaillierte bibliografische Daten sind im Internet über http://dnb.dnb.de abrufbar.

Die automatisierte Analyse des Werkes, um daraus Informationen insbesondere über Muster, Trends und Korrelationen gemäß § 44b UrhG (»Text und Data Mining«) zu gewinnen, ist untersagt.

Copyright © Manuela Kusterer
Alle Rechte vorbehalten
1. Auflage April 2025
Lektorat: Enya Kummer
Endkorrektorat und Satz: Uschi Gassler
Covergestaltung: Peter Kusterer
Foto Umschlag: Adobe-Stock
Verlag: BoD · Books on Demand GmbH, Überseering 33,
22297 Hamburg, bod@bod.de
Druck: Libri Plureos GmbH, Friedensallee 273, 22763 Hamburg
ISBN: 978-3-8192-7807-5

Für Margot.

PROLOG

10. August 1996

Larissa schaute ihrer vierjährigen Schwester genervt zu, wie sie mit einer Hand im Teich herumplanschte und versuchte, Fische zu fangen. Gleich würde Anne das Gleichgewicht verlieren und ins Wasser fallen. Aber das war Larissa im Moment egal. Warum musste sie auch ständig auf die Kleine aufpassen? Schließlich war sie selbst erst neun Jahre alt und würde viel lieber mit ihren Freundinnen spielen. Gerade heute wäre sie auf einem Geburtstag eingeladen gewesen. Aber nein, ihre Mutter musste arbeiten. Und das zu Hause. Irgendwelche Teile schraubte sie in Heimarbeit zusammen. War das etwa Larissas Problem?

Seufzend erhob sie sich und packte ihre Schwester an der Schulter. Nicht, dass Anne doch noch in den Teich fiel. Tief war der zwar nicht und sie könnte die Kleine jederzeit wieder rausholen, aber sie wollte nicht riskieren, klatschnass zu werden.

»Hey, lass mich«, schrie Anne.

»Nein, tu ich nicht. Ich muss doch auf dich aufpassen. Und wenn du nass bist oder untergehst, bekomme ich Ärger.«

Das schien die Kleine zu akzeptieren. Sie war ein ruhiges Mädchen, das ihre große Schwester vergötterte. Anne drehte sich um und stapfte in Richtung Sandkasten. Erleichtert setzte sich Larissa an den Gartentisch, auf dem ihr Malblock und die Buntstifte lagen. Das war ihre Lieblingsbeschäftigung. Dabei vergaß sie normalerweise die Welt um sich herum. Aber sie konnte sich nicht auf ihr neues Werk konzentrieren. Wie so oft schweiften ihre Gedanken ab. Warum liebte ihr Vater nur ihre Schwester und nicht sie? Warum war er immer so böse zu ihr? Sie versuchte ständig, alles richtig zu machen, damit er sich freute, aber ohne Erfolg. Lag es vielleicht daran, dass er nur ihr Stiefvater war?

Ein lauter Knall und ein schriller Schrei ließen Larissa zusammenfahren und holten sie in die Gegenwart zurück. Sie schaute sich erschrocken um, sah, dass Anne verschwunden war, und lief ums Haus.

Frau Meier, die Nachbarin aus dem Nebenhaus, stand auf dem Gehweg und starrte auf ein Auto, das sich mitten auf der Fahrbahn befand. Sie hielt Larissa fest, drückte sie an sich.

»Sie ist einfach zu der Katze gerannt, die auf der Straße lag. Das Auto war viel zu schnell …«

»Lassen Sie mich«, rief Larissa und riss sich

los. Sie sah, wie ihre Mutter aus dem Haus gerannt kam, schreiend auf die Straße lief und dort zusammenbrach.

Jetzt kamen auch aus den anderen Häusern Menschen.

Larissa verstand nicht, was geschehen war. Wo war Anne, die musste doch hier irgendwo sein?

»Das Auto hat nicht mehr bremsen können und hat das Mädchen überrollt«, sagte Frau Meier.

In diesem Moment begriff Larissa, was geschehen war, und sie brach in Tränen aus.

»Mama ...«, rief sie, doch die Mutter reagierte nicht.

»Komm«, sagte Frau Meier, nahm Larissas Hand und brachte sie zum Haus, wo der Stiefvater in der offenen Tür stand.

»Geh nach oben«, sagte er in einem Ton, der keinen Widerspruch zuließ.

Larissa wand sich aus dem Griff der Nachbarin und lief die Treppe hinauf. In ihrem Zimmer warf sie sich aufs Bett und blieb dort, bis sich eine Psychologin von der Notfallhilfe um sie kümmerte.

Erst spät am Abend erfuhr sie, dass ihre Schwester den Unfall nicht überlebt hatte. Sie war schuld, dass Anne tot war.

19. Juni 2022

Lisa

Hauptkommissarin Lisa Breuer hörte nur mit halbem Ohr zu, was Kai Schneider, ein junger Hobbyhistoriker, enthusiastisch über die Entstehung des Römermuseums berichtete. Es sei entstanden, nachdem das Wohngebiet Niemandsberg gebaut worden war. Während der Bauzeit seien römische Mauerreste gefunden worden. Nach einem Baustopp habe man sich entschieden, einem Museum den Vorrang zu geben.

Schneider redete und redete, aber Lisas Gedanken wanderten immer wieder in eine andere Richtung. Hauptkommissar Klaus Kübler, mit dem sie seit September letzten Jahres in einer Beziehung war, hatte heute Morgen den Vorschlag unterbreitet, an einer Führung im Römermuseum teilzunehmen. Doch Lisa hätte an diesem Sonntag lieber einen gemütlichen Tag zu Hause verbracht, vor allem, weil es draußen in Strömen regnete.

Sie zuckte mit den Achseln.

Was soll's?, dachte sie. Bei einem Museumsbesuch spielte das Wetter eh keine große Rolle.

Klaus, der nicht nur seit Jahren auf dem Polizeiposten in Remchingen arbeitete, sondern auch in Singen, dem zweitgrößten Remchinger Ortsteil, wohnte, hatte gemeint, dass es an der Zeit wäre, etwas über die Römer zu erfahren und sich die Ausstellung der Zeitenwende anzuschauen.

Lisa konnte sich einfach nicht konzentrieren. Immer wieder gingen ihr die Anspielungen von Klaus durch den Kopf. Ihr war bewusst, dass ihr Freund sich nichts sehnsüchtiger wünschte, als mit ihr zusammenzuziehen.

Gewiss, sie harmonierten wunderbar, obwohl sich Lisa das vor einem Dreivierteljahr nicht im Geringsten hatte vorstellen können. Es hatte lange gedauert, bis sie sich ihre Gefühle, die sie für den Jugendfreund empfand, eingestanden hatte und ihre Bindungsangst ablegen konnte. Klar, er konnte toll mit ihrer vierjährigen Tochter Mia umgehen, aber sollte man sich deshalb gleich eine gemeinsame Wohnung nehmen? Darauf lief es nämlich hinaus, denn ihre war für drei Personen zu klein und die von Klaus ebenfalls. Als sie die Stelle als Hauptkommissarin auf dem Kriminalkommissariat in Pforzheim bekam, entschied sie sich, lieber auf dem Land zu wohnen und hatte die Wohnung in Wilferdingen gemietet. Diese Entscheidung hatte sie noch keine Sekunde lang bereut.

Ein lauter Schrei riss sie aus ihren Gedanken und unterbrach die Erzählungen des Historikers.

»Hilfe, mein Mann stirbt. Er braucht einen Arzt.«

Einige der Museumsbesucher, die um Lisa und ihren Lebensgefährten versammelt waren, eilten in Richtung eines kleinen, von Wänden nicht ganz geschlossenen Raumes, in dem sich nur wenige Menschen aufhalten konnten. Lisa und Klaus folgten den anderen. Ein Mann lag am Boden und rang keuchend nach Luft.

»Gehen Sie auf die Seite, ich bin Arzt«, sagte Dr. Bittighofer und kniete sich neben den Mann.

Lisa atmete erleichtert auf. Sie kannte den Arzt, hatte ihn aber heute bei der Führung bis jetzt noch nicht gesehen.

»Hier«, sagte eine Frau, auf deren blassem Gesicht sich rote Flecken ausgebreitet hatten, »das ist das Notfallset. Mein Mann ist Allergiker.« Sie hielt dem Arzt eine kleine Mappe entgegen.

Sofort griff Dr. Bittighofer hinein, holte eine Adrenalinspritze heraus und drückte sie dem keuchenden Mann in den Oberschenkel. Gleichzeitig forderte er eine in der Nähe stehende Person auf, den Rettungswagen zu rufen.

»Wie heißen Sie?«, fragte Bittighofer die begleitende Frau des Patienten.

»Martina Schlegel«, stellte sie sich vor, »und mein Mann heißt Alexander.«

»Sie müssen ins Krankenhaus«, sagte Bittighofer zu Alexander Schlegel, als die Rettungssanitäter eintrafen.

»Wir bringen ihn nach Pforzheim ins Helios Klinikum«, sagte einer der beiden.

Zunächst weigerte sich der Patient, mitzugehen, aber nach gutem Zureden von seiner Frau stimmte er schließlich zu. Martina Schlegel versprach ihm, mit dem eigenen Auto nachzukommen.

Kaum hatten die beiden Sanitäter mit Alexander Schlegel den Raum verlassen, als erneut ein Schrei ertönte. Dieses Mal aus dem anderen Raum, in dem sich das Café befand. Genaugenommen war es eher ein Durchgang, in dem hinter Glasfenstern Köpfe aus Sandstein ausgestellt wurden. Es handelte sich dabei um Frauen- und Männerköpfe aus der Römerzeit. Lisa und Klaus bahnten sich einen Weg durch die im engen Gang stehende Menge.

»Machen Sie Platz! Polizei!«, rief Klaus und sie erreichten den Durchgang.

Lisa sah sofort, dass eine Scheibe eingeschlagen war und wohl einer der Sandköpfe fehlte. Inmitten der Scherben stand händeringend eine

Frau mittleren Alters vor dem leeren Fach, kreidebleich im Gesicht.

»Was ist passiert?«, fragte Lisa und ging zu ihr.

»Ich habe mein Handy im Auto vergessen, wollte es holen und habe im Vorbeigehen das hier entdeckt. Jemand hat den Kopf gestohlen«, erwiderte die Frau. »Das … das gibt es doch gar nicht«, stammelte sie. »Wer macht denn so was?«

»Beruhigen Sie sich. Wir sind von der Polizei und kümmern uns um alles«, sprach Lisa leise auf die Unbekannte ein. »Nennen Sie mir bitte Ihren Namen.«

»Ich bin Anita Engel und arbeite ehrenamtlich hier im Café, das zum Römermuseum gehört und sonntags geöffnet ist.«

»Ich laufe rasch zum Haupteingang und schaue, dass niemand das Museum verlässt«, sagte Klaus zu Lisa. Laut rief er: »Niemand verlässt das Gebäude.«

Dann wandte er sich Kai Schneider zu. »Bitte sorgen Sie dafür, dass alle Ausgänge verriegelt sind.«

Lisa registrierte, dass ihr Lebensgefährte davoneilte.

»Haben Sie zuvor irgendetwas bemerkt?«, wollte sie dann von Frau Engel wissen.

»Nein, überhaupt nicht. Da waren der Schlag und dann das Splittern vom Glas zu hören. Und ….« Sie schluckte.

»Jetzt kommen Sie erst einmal mit und setzen sich hin. Sie sind ja vollkommen fertig.«

Lisa fasste die zitternde Anita Engel am Arm und führte sie zu einem der Tische im Café.

Seufzend ließ sich die Frau auf einen Stuhl fallen. Inzwischen war Klaus zurückgekehrt und nahm ihr gegenüber Platz. Lisa holte ihr Handy aus der Jackentasche und benachrichtigte die diensthabenden Kollegen aus Neuenbürg, die auch für Remchingen zuständig waren. Dann setzte sie sich ebenfalls an den Tisch.

»So, dann erzählen Sie mal der Reihe nach«, ergriff sie erneut das Wort.

»Wie gesagt, ich habe den Kuchen aufgeschnitten und Kaffee eingegossen und habe nichts Ungewöhnliches bemerkt.«

Zum Glück schien sich Anita Engel beruhigt zu haben.

»Sie haben also niemanden dort vor den Glaskästen stehen sehen?«

»Nein, also nicht bewusst. Es laufen ja ständig Leute hin und her. Aber wenn ich es mir recht überlege …«, sie hielt kurz inne, schaute zur Decke, »ja, da ist jemand davongerannt. Ich habe

das aber nur aus dem Augenwinkel heraus gesehen, weil ich so geschockt war und den leeren
Platz in dem Fach angestarrt habe.«

»Können Sie sagen, ob es sich um eine Frau
oder einen Mann handelte?«

»Hm, ich bin mir nicht sicher, aber von der
Statur her eher eine Frau.«

Nachdenklich runzelte Anita Engel die Stirn.
»Doch, ich denke, es war eine Frau, denn ich
glaube, sie trug ein längeres Gewand, einen Man-
tel oder so was Ähnliches.«

»Können Sie sich an die Farbe erinnern?«,
mischte sich Klaus in das Gespräch ein.

»Nicht direkt, es war eine dunkle Farbe.«

»Okay, wenn Ihnen noch irgendetwas einfällt,
rufen Sie mich bitte an.« Klaus erhob sich und
legte seine Visitenkarte vor Anita Engel auf den
Tisch. Sie nickte.

Lisa stand ebenfalls auf und blickte Frau Engel, die inzwischen wieder etwas Farbe auf den
Wangen bekommen hatte, aufmunternd an. Dann
folgte sie ihrem Lebensgefährten.

»Ich würde sagen, wir warten noch auf die
Kollegen und machen uns dann vom Acker.
Schließlich sind wir heute zu unserem Vergnügen
hier«, zischte Klaus ihr ins Ohr.

Lisa lächelte. »So machen wir es. Wir berichten kurz, was wir wissen und dann verschwinden wir. In einer Stunde wird Mia von ihrem Vater nach Hause gebracht. Da müssen wir sowieso zurück sein, sonst müsste ich ihn benachrichtigen, dass es später wird.«

»Das reicht locker. Du brauchst Max nicht anzurufen. Ich freue mich auf die Kleine«, sagte Klaus, der für Lisas Töchterlein wie ein Vater war.

...

Eine halbe Stunde später machten sie sich zu Fuß auf den Heimweg. Die Kollegen waren rechtzeitig eingetroffen und hatten sogleich mit der Befragung der anwesenden Personen begonnen. Einige von ihnen waren ziemlich ungeduldig gewesen und hatten sich bei Klaus beschwert, dass sie nicht ewig Zeit hätten. Daher atmeten Lisa und er erleichtert auf, als sie den Ort des Geschehens verlassen durften.

Das Auto hatten sie bei Lisa zu Hause stehen lassen, da es sich vom Römermuseum aus nur um fünfzehn Minuten Fußweg handelte und die Parkplätze im Ortsteil Wilferdingen an der Hauptstraße, wo sich ihre Wohnung befand, rar waren. Klaus ließ seinen Golf am Wochenende gerne in der Garage und nutzte die Freizeit für Spaziergänge. Meistens übernachtete er sowieso bei seiner Freundin.

Beide hingen ihren Gedanken nach.

Am Ende der Straße, neben dem Gebäude, in dem bis vor zwei Jahren das Rathaus gewesen war, blieb Lisa plötzlich abrupt stehen, packte ihren Lebensgefährten am Arm und schaute ihn stirnrunzelnd an.

»Wieso klaut jemand so einen Frauenkopf, der überhaupt nichts wert ist?«

»Keine Ahnung, das frage ich mich schon die ganze Zeit. Aber da es eine Anzeige gibt, müssen wir uns darum kümmern. Außerdem wurde die Glasscheibe, hinter der sich der Kopf befand, zerstört. Es handelt sich also um Sachbeschädigung.«

»Du meinst, ich muss mich darum kümmern, denn für dich ist der Fall ja nun erledigt. Das Ganze geht jetzt nach Pforzheim, und es wird morgen in der Besprechung Thema Nummer eins sein.« Lisa verdrehte die Augen.

»Du hast recht.« Klaus grinste. »Aber natürlich bin ich euch bei der Aufklärung behilflich. Schließlich ist es hier bei uns passiert. Glaubst du, dass es da viel zum Aufklären gibt? Ich denke nicht, dass wir den Dieb, oder eher die Diebin, bekommen werden. Und bei diesem geringen Schaden wird wahrscheinlich kein so großer Aufwand betrieben.« Er sah skeptisch aus.

»Das stimmt. Wir müssen abwarten, was die Befragungen der Kollegen ergeben. Da die Teilnehmer nicht namentlich angemeldet waren, wird es schwierig, wenn nicht gar unmöglich werden, herauszufinden, wer da zum Schluss gefehlt hat. Dazu kommen dann noch die Gäste des Cafés.«

Lisa pustete genervt die Luft nach oben, sodass sich eine Haarsträhne von ihrer Stirn abhob.

Ihr Freund nickte zustimmend. Inzwischen waren sie bei dem Mehrfamilienhaus angekommen, in dem Lisa wohnte.

»Ich werde uns jetzt einen schönen Salat zaubern. Was meinst du dazu?«, fragte Klaus, während sie die Treppen in den zweiten Stock hinaufstiegen.

»Das ist eine fantastische Idee. Und wir reden heute nicht mehr über Raub, Mord und Totschlag«, fügte Lisa hinzu.

»Guter Vorschlag.«

Rückblick

Martina Schlegel

Ben Augenstein und das befreundete Ehepaar Schlegel setzten sich an einen freien Vierertisch mitten im Raum. Sie waren die ersten Gäste im Café des Römermuseums. Sie hatten noch eine halbe Stunde Zeit, bis die Führung im Museum beginnen würde.

Suchend sah Alexander Schlegel sich um. »Wo ist denn Larissa abgeblieben?«

»Keine Ahnung, gerade war sie doch noch da«, erwiderte Larissas Mann Ben achselzuckend.

»Komisch, dass du sie vermisst und Ben nicht.« Martina Schlegel schaute ihren Mann an. Es war ihr in letzter Zeit nicht entgangen, was für schmachtende Blicke er der Frau ständig zuwarf.

»Ich wollte sie fragen, wo sie sitzen möchte«, rechtfertigte sich Alexander.

»Na gut, ich kann euch sagen, wo sie hängengeblieben ist.« Martina grinste, verdrehte dann die Augen.

Die beiden Männer sahen sie erwartungsvoll an.

»Sie steht wie angewurzelt da vorne bei den

Römerköpfen. Ich schau mal nach ihr.« Sie erhob sich und ging zu den Glaskästen. In ihr brodelte es, inzwischen sah sie Bens Frau als Konkurrentin.

»Willst du hier übernachten?«, fuhr sie Larissa an. »Ben und Alexander warten auf dich. Ja, der vor allem.« Mit diesen Worten drehte sie sich auf dem Absatz um und eilte zurück an ihren Tisch. Richtig befreundet war sie mit der Frau nie gewesen. Wenn die Männer nicht langjährige Freunde wären, hätte sie den Kontakt zu ihr längst abgebrochen.

Larissa war ihr gefolgt und nahm neben ihrem Mann und gegenüber von Alexander Platz.

Martina blickte auf ihre Armbanduhr. »Jetzt haben wir nur noch fünfzehn Minuten, bis es losgeht. Dann sollten wir anschließend Kaffee trinken. Aber ich hole mir kurz ein Mineralwasser. Ich bin am Verdursten.«

»Ein Bier wäre mir lieber«, warf Ben ein.

»Ich glaube, damit warten wir besser bis heute Abend.«

Unsicher schaute Alexander seine Frau an. Er hatte vermutlich bemerkt, dass sie sauer war. Ob er ihr Misstrauen ahnte?

Gut so, dachte Martina. Gerade streifte er Larissa wieder mit einem kurzen Blick. Sie war vollkommen abwesend und schien in ihre Gedanken versunken.

Martina hatte das Mineralwasser geholt. Als sie zum Tisch zurückkam, hörte sie Alexanders Worte: »Hey, was ist los mit dir? Du bist ja so ruhig.«

Larissa reagierte nicht, aber Ben zog spöttisch seine Augenbrauen nach oben. »Sie träumt wahrscheinlich wieder von der Römerzeit, Alex. Weißt du denn nicht, dass sie eigentlich dorthin gehört und nur aus Versehen hier im Jahre 2022 gelandet ist? Wo sie doch eigentlich vor 1.940 Jahren geboren wurde. Ihre ganze Familie ist noch dort und Lari überlegt, wie sie durch eine Zeitreise zu ihnen gelangen kann.«

Irritiert sah Alexander seinen Kumpel an.

Martina musste insgeheim grinsen. Sie hatte ebenfalls ab und zu mitbekommen, dass Larissa so einen Unsinn von sich gegeben hatte. Spinnereien waren das.

Larissa sprang auf, stieß dabei rückwärts gegen sie, als sie ihr Glas Sprudel auf den Tisch stellen wollte. Die Hälfte des Wassers schwappte auf den Boden.

»Hast du sie noch alle«, fuhr Martina sie an.

Larissas Gesicht war vor Zorn gerötet. Sie wandte sich an ihren Mann. »Weißt du was? Du kannst mich mal. Ich habe keine Lust mehr auf die Führung. Die könnt ihr alleine machen. Ich habe andere Pläne.«

Mit hocherhobenem Kopf stolzierte sie davon.

Sonntag, 19. Juni

Lisa

Lisa lehnte sich entspannt zurück, nachdem sie sich die letzte Gabel mit Salat in den Mund geschoben hatte. Sie seufzte zufrieden auf. »Das war lecker. Du hast den Beruf verfehlt. Anstatt zur Polizei zu gehen, hättest du Koch werden sollen.«

Klaus, der ihr gegenüber am Esstisch saß, sah sie nachdenklich an, sagte aber nichts. Dann wanderte sein Blick zu Mia, die hingebungsvoll in ihrer Puppenecke spielte.

Lisa ahnte, was in ihm vorging, als er sie wieder anschaute. Mit ihrer Entspannung war es nun vorbei. »Bitte fang nicht wieder mit dem Thema an.«

»Du weißt doch gar nicht, was ich sagen möchte, geschweige denn, was ich denke«, entgegnete Klaus und runzelte die Stirn.

»Oh, doch, das kann ich mir denken. Wir hatten das Thema schon unzählige Male. Alles läuft super. Ich verstehe mich gut mit Mias Vater und auf dem Revier in Pforzheim gefällt es mir sehr gut. Die Unstimmigkeiten mit meiner Mutter habe ich geklärt und ich genieße die Zeit mit meinem Töchterlein. Natürlich auch mit dir«, fügte sie hinzu, als sie seinen fragenden Blick sah. »Warum also soll ich daran jetzt was ändern? Schließlich bin ich erst seit einem Jahr hier und musste mich an so vieles gewöhnen.«

Klaus erhob sich. »Wir könnten eine richtige Familie sein.«

»Das sind wir auch so.« Lisa stand ebenfalls auf und fuhr sich genervt durch ihre langen dunklen Haare. »Du kannst doch immer hier übernachten.«

»Das ist auf Dauer viel zu eng. Mia braucht ein Kinderzimmer.«

»Blödsinn, schau sie dir an. Sie ist glücklich. Mit vier Jahren hatte ich auch keinen eigenen Raum, sondern ein Zimmer zusammen mit meinem Bruder.«

»Weißt du was? Das führt heute zu nichts mehr. Ich gehe jetzt nach Hause, morgen muss ich ausgeschlafen sein.« Ohne Lisa anzuschauen, ging er zu Mia, beugte sich hinunter, gab ihr einen Kuss auf die Wange und strich ihr über die Haare.

Die Kleine schaute ihn an. »Klaus, nicht gehen. Ich will mit dir spielen.«

»Ein anderes Mal, mein Schatz«, antwortete er und verließ ohne weitere Worte die Wohnung.

Na super, schoss es Lisa durch den Kopf.

»Das habe ich ja wieder toll hingekriegt«, murmelte sie. In Gedanken versunken räumte sie den Tisch ab, stellte das Geschirr in die Spülmaschine und wischte die Arbeitsflächen ab. Nachrennen würde sie Klaus ganz sicher nicht. Das war jetzt das dritte Mal in den vergangenen vier Wochen, dass er vom Zusammenwohnen anfing. Sie hatte in letzter Zeit so viele für sie zuvor undenkbare Veränderungen gehabt, da musste er ihr schon ein bisschen Zeit geben.

Seufzend ging sie zu ihrer Tochter, um ihr beizubringen, dass das Bett auf sie wartete. Das war jeden Abend der gleiche Kampf.

Als die Kleine endlich schlief, fiel Lisa erschöpft auf ihr neues graues Sofa und ließ den Nachmittag im Römermuseum Revue passieren. Es dauerte nicht allzu lange und ihre Arme und Beine wurden schwer, die Müdigkeit überfiel sie und sie schloss die Augen. Das wäre ihr auf dem alten Sofa nicht passiert, da es so kurz gewesen war, dass sie sich nicht hatte ausstrecken können.

Diese komfortable Couch mit ausfahrbaren Fuß- und Nackenstützen hatte sie gekauft, weil Klaus die meiste Zeit bei ihr weilte und dadurch auch Platz genug für das Kind da war. Schon manche Kuschelabende hatten sie darauf zu dritt verbracht. Wenn nur nicht immer diese ständigen Meinungsverschiedenheiten wären, dachte sie noch, bevor sie im Land der Träume versank.

Montag, 20. Juni

Lisa

Nach einer unruhigen Nacht, in der Lisa mehrfach aufgewacht war, machte sie sich auf den Weg zum Pforzheimer Kriminalkommissariat, wo sie seit einem Jahr arbeitete. Auf der B 10 in Höhe des Sperlingshofes trat sie fluchend auf die Bremse. Ein Stau. Das hatte ihr gerade noch gefehlt, sie war sowieso spät dran.

Da die Autos vor ihr keine ortsansässigen Kennzeichen hatten, ging Lisa davon aus, dass die Autobahn gesperrt war und die Fahrer von ihren Navigationsgeräten umgeleitet worden waren. Vielleicht hat es einen Unfall gegeben, überlegte sie und verfiel gedanklich wieder in ihre eigenen Probleme. Sie liebte Klaus und ja, sie würde gerne mit ihm zusammenziehen und eine Familie gründen, nur jetzt noch nicht. Sie war gerade erst richtig hier angekommen. Auf der anderen Seite wollte sie ihn aber nicht verlieren.

Sie seufzte und gab Gas, als der Verkehr endlich wieder zu fließen begann.

Eine Stunde später betrat sie, genervt über ihre Verspätung, das Kriminalkommissariat.

Hauptkommissarin Lea Sonntag, die ihr inzwischen zu einer guten Freundin geworden war, eilte ihr entgegen. »Mensch Lisa, wo bleibst du denn? Alle warten nur auf dich. Die morgendliche Besprechung hat längst begonnen. Der Chef möchte von dir wissen, was sich gestern im Römermuseum zugetragen hat.«

Lisa stöhnte. Der Tag konnte nicht schlechter beginnen. »Ich komme ja schon.«

»Hey, was ist los mit dir? Ist was passiert? Hattest du eine schlechte Nacht?«

»Viele Fragen auf einmal, Klaus möchte mit mir zusammenziehen. Lass uns später einen Kaffee trinken. Okay?«

»Gerne, wir können mittags zu Thalia, einen Kaffee trinken gehen.« Lea strich sich eine Strähne ihrer blonden Locken aus dem Gesicht.

Lisa nickte dankbar. Sie wusste, dass Lea sie verstand, hatte die doch die gleiche Bindungsangst erlebt, bis sie sich endgültig für ihren Mann entschieden hatte, der Hauptkommissar auf dem Polizeiposten in Schömberg gewesen war, wo auch sie gearbeitet hatte.

Als sie beide den Besprechungsraum betraten, wurden sie von drei Augenpaaren erwartungsvoll gemustert. Peter Baumann, der Leiter des Kriminalkommissariats, Jörg Sebastian, der inzwischen

zum Hauptkommissar befördert worden war, und
der neue Kollege, Oberkommissar Frank Rippberger, hatten sich um den langen Besprechungs-
tisch versammelt.

Lisa murmelte eine Entschuldigung und ließ
sich neben ihrer Freundin nieder, die sich auf den
Stuhl an der komplett freien Längsseite des Tisches gegenüber dem Fenster gesetzt hatte.

Der Chef, der an der Stirnseite saß, erhob sich
und stellte sich vor das Whiteboard. Er war am
liebsten in Bewegung und konnte nicht lange
stillsitzen. Nun wandte er sich an Lisa. »So, dann
berichte uns mal von deinem gestrigen Besuch im
Wilferdinger Römermuseum. Du hast doch die
Kollegen gerufen. Stimmt's?«

»Ja, ich habe an der Führung der Zeitenwende
teilgenommen, als plötzlich ein Tumult entstand,
weil in einer Nische ein Mann einen allergischen
Schock erlitt. Da Herr Schlegel, so heißt er, ein
Notfallset bei sich trug und bei den Teilnehmern
der Führung ein Arzt zugegen war, konnte ihm
schnell geholfen werden. Während der Patient
von den inzwischen eingetroffenen Sanitätern
zum Rettungswagen gebracht wurde, ertönte erneut ein Schrei. Dieses Mal vom Durchgang, der
ins Bistro und zum Museumsrundgang führt. Eine
Frau, die ehrenamtlich im Café tätig ist, hat einen

Knall und das Geräusch von splitterndem Glas gehört, ist dorthin gerannt und hat dann die eingeschlagene Scheibe des einen Schaukastens gesehen. Gestohlen wurde ein Frauenkopf aus Sandstein. Eigentlich wertlos, wie ich erfahren habe. Dann haben die Kollegen aus Neuenbürg übernommen.« Lisa lehnte sich auf ihrem Stuhl zurück und sah Peter Baumann abwartend an.

Der kratzte sich am Kinn, eine gewohnte Geste von ihm, wenn er nachdachte. »Und du? Hast du mit niemandem gesprochen?«

»Doch, wir haben natürlich noch kurz …«

»Wer ist wir?«, unterbrach Baumann.

»Nun, also, ich war mit Klaus Kübler dort.« Mehr gab es nicht zu erklären, denn Peter wusste, dass sie mit dem Kollegen aus Remchingen liiert war.

»Okay, also, mit wem habt ihr gesprochen?«

Lisa verdrehte die Augen. Der Chef hätte sie gleich aussprechen lassen können. »Wir haben noch mit der Frau, die den Diebstahl bemerkt hat, geredet. Sie hat aus dem Augenwinkel heraus eine Person, wahrscheinlich eine Frau, bemerkt, die zum Ausgang gerannt und verschwunden ist. Angeblich trug die ein wehendes Gewand, am ehesten wohl ein Kleid oder einen langen Rock mit Umhang.«

»Gut. Was meinst du? Hat der anaphylaktische Schock des Mannes etwas mit dem Diebstahl zu tun?«

»Hm, das habe ich mir auch schon überlegt, allerdings ...«

»Das kann ich mir nicht vorstellen. Meint ihr, der Mann hat simuliert?«, fiel ihr Jörg Sebastian ins Wort. »So was kann doch nicht vorgetäuscht werden.«

Lea nickte zustimmend.

»Nicht unbedingt, ich denke, das war nicht vorgetäuscht. Schließlich war ein Arzt dabei. Aber in der Tat ist es ein komischer Zufall, wenn es zeitgleich zwei solche Ereignisse gibt«, sagte Lisa. »Im ersten Moment dachte ich auch an ein Ablenkungsmanöver. Allerdings könnte es sein, dass der Dieb oder die Diebin einfach die Gelegenheit genutzt hat.«

»Das glaube ich eher«, kommentierte Lea.

Baumann wiegte seinen Kopf hin und her, als wolle er abwägen. »So wird es wohl gewesen sein. Trotzdem möchte ich, dass ihr den Patienten befragt. Ich denke, dass der inzwischen wieder zu Hause ist. Lisa, ich würde sagen, dass du dich mit Unterstützung deines Remchinger Kollegen Kübler um diese Angelegenheit kümmerst. Vielleicht bekommt ihr noch heraus, wer im Ort Interesse an so einem Sandsteinkopf haben könnte. Und wer sich alles bei der Führung im Gebäude aufgehalten hat. Leider ist bei der Befragung der Anwesenden durch die Kollegen nichts rausgekommen. Niemand hat jemanden vermisst. Und da die Teilnehmer nicht mit Namen angemeldet waren, sondern nur die Eintrittskarten gekauft haben, könnte es schwierig werden.«

»Alles klar, dann fahre ich jetzt zurück nach Remchingen zum Polizeiposten und kümmere mich darum.«

»Genau, ansonsten rechne ich nicht mit einer Aufklärung. Es handelt sich ja nicht um einen großen Wertgegenstand. Viel Arbeit können wir da nicht reinstecken, schließlich ist niemand ermordet worden.«

Baumann wischte sich den Schweiß von der Stirn. »Glücklicherweise, denn es reicht mir noch vom letztem Jahr mit den vier Toten.«

Er schaute aus dem Fenster. »Eigentlich müsste es heute hitzefrei geben. Da draußen hat es bestimmt vierzig Grad. Und das im Juni«, fügte er stirnrunzelnd hinzu.

»Nicht ganz«, korrigierte Lea, und Lisa lächelte.

Ihnen war bekannt, dass ihr Chef Hitze nicht gut ertragen konnte. Heute hatte es nicht einmal

annähernd dreißig Grad. Peter Baumann reagierte
auf Stress meistens mit Schweißausbrüchen, würde aber niemals zugeben, dass er mit zunehmen-
dem Alter nicht mehr so stressresistent war.

Montag 23. Mai

Rückblick
Larissa

Fassungslos, aber überglücklich, schaut Larissa zu dem Gutshaus am Niemandsberg. Sie hat es geschafft – wie auch immer. Sie ist in der Römerzeit gelandet. Komisch, da sie doch noch gar keinen Plan für die Zeitreise geschmiedet hat.

Egal, Hauptsache, sie ist jetzt hier und kann sich auf die Suche nach ihrer Schwester Anne machen. So lange hat sie auf diesen Moment gewartet. Leider befindet sich keine Menschenseele auf der vor Hitze flimmernden Straße.

Larissa stöhnt. Puh, ist das hier heiß. Langsam schlendert sie bergauf in Richtung des mächtigen Gebäudes, das von Ställen umgeben ist.

Oben bleibt sie vor der verschlossenen Eingangstür unschlüssig stehen. Was soll sie tun? Sie hat ja keine Ahnung, wo Anne wohnt. Ob sie sich überhaupt am richtigen Ort befindet? Sie selbst ist nach wie vor in Wilferdingen, nur 1.940 Jahre in der Vergangenheit, da ist sie sich sicher. Obwohl der Ort zu dieser Zeit ›Vicus Senotensis‹ heißt, wie sie von ihren unzähligen Besuchen im Römermuseum weiß.

Aber ob ihre Schwester ebenfalls hier lebt, das ist nicht gewiss.

Nach einer gefühlten Ewigkeit kommt eine Frau aus dem Haus.

Im ersten Moment stockt Larissa der Atem. Ist das Anne? Sie starrt die ungefähr zwanzigjährige Schönheit an und denkt, dass die ja noch so jung ist. Dann wird ihr klar, dass zu diesem Zeitpunkt eben alles anders ist. Aus dem Gebäude ertönt eine Stimme. »Cara, was machst du? Bist du noch da?«

Erstaunt stellt Larissa fest, dass sie diese fremde Sprache versteht. Natürlich, schließlich hat sie auf dem Gymnasium Lateinunterricht gehabt. Die dunkelhaarige, schlanke Frau mit bronzefarbigem Teint ist mit einer Tunika bekleidet, die an den Schultern mit Fibeln zusammengehalten wird. Beim näheren Hinsehen ist sich Larissa sicher, dass es nicht Anne ist.

»Ich bin gleich wieder da«, ruft die mit Cara Angesprochene ins Haus zurück und geht ein paar Schritte auf Larissa zu. »Wer bist du und was machst du hier«, fragt sie zögernd.

»Ich bin Lari und auf der Suche nach meiner Schwester Anne. Kennst du sie?«

Die junge Frau schüttelt den Kopf und sieht sie missbilligend an. Larissa wird bewusst, dass sie einen seltsamen Anblick in ihrem Longshirt bieten muss. Bevor sie antworten kann, sieht sie einige Meter entfernt eine Gestalt auftauchen. Sie reißt die Augen auf.

Cara folgt ihrem Blick und zuckt verständnislos mit den Schultern. Aber Larissa rennt los. Keiner kann sie jetzt mehr aufhalten. »Anne«, stößt sie hervor.

»Halt!«, schreit die Gestalt. »Du kannst noch nicht zu mir. Du bist noch nicht in meiner Zeit angekommen. Dafür musst du erst noch etwas tun?«

Wie angewurzelt bleibt Larissa stehen. »Was soll ich tun?«, fragt sie verzweifelt.

»Du musst einen Gegenstand aus dem Römermuseum holen. Du wirst erkennen, was du brauchst, um eine richtige Zeitreise machen zu können, damit wir endlich wieder zusammen sein dürfen.«

Nach diesen Worten löste sich die Gestalt in Luft auf und Larissa wachte schweißgebadet auf.

Dienstag, 24. Mai

Rückblick
Alexander Schlegel

Alexander schritt im Zimmer des Parkhotels auf und ab. Er konnte seine Unruhe nicht länger unterdrücken. Warum kam Larissa nicht? Es war bereits achtzehn Uhr. Sie waren wie jede Woche um siebzehn Uhr verabredet gewesen. Meistens buchten sie für ihre Liebesnächte hier in Pforzheim ein Zimmer, in dem sie ungestört die ganze Nacht miteinander verbringen konnten.

Alexander behauptete bei seiner Frau, dass er geschäftlich wegfahren musste, und Ben war es gewöhnt, dass Larissa ständig unterwegs war und ihm selten mitteilte, wo sie sich in ihrer Abwesenheit befand. Alexander dachte an Martina, ob sie etwas ahnte? Nein, sie konnte unmöglich wissen, dass er ein Verhältnis mit Larissa hatte. Oder doch? Sie waren im letzten halben Jahr wirklich vorsichtig gewesen. Wo blieb sie bloß? Dass sie so viel zu spät kam, war noch nie vorgekommen. Eine Welle der Angst schien ihn zu überrollen. Was, wenn sie gar nicht kam? Vielleicht war sie seiner überdrüssig. Er ließ sich ihre letzten Liebesspiele durch den Kopf gehen. Hatte er nicht alles gegeben, um sie zu befriedigen? Selbst auf ihre manchmal sehr seltsamen Vorstellungen von Sex war er eingegangen. Zum ersten Mal musste Alexander sich eingestehen, dass ihre Unersättlichkeit nicht normal war. War sie eine Nymphomanin? Womöglich gab es da noch mehr Liebhaber?

Der Schweiß brach ihm aus allen Poren, obwohl der Raum wohltuend klimatisiert war. Da öffnete sich schwungvoll die Tür, und als er in Larissas strahlendes, erhitztes Gesicht blickte, waren seine unangenehmen Gedanken wie weggeblasen.

Sie fiel ihm um den Hals, umklammerte mit beiden Beinen seine Hüften und küsste ihn leidenschaftlich. Keuchend gab er ihr, als sie wieder Boden unter den Füßen hatte, einen leichten Schubs, sodass sie sich aufs Bett fallen ließ, und warf sich auf sie. Dieses Mal fand er keine Zeit für ein Vorspiel und nahm sie mit ungewohnter Heftigkeit. Als er von ihr abließ und auf dem Rücken neben ihr lag, richtete sie sich auf, strich ihre lange rote Mähne aus dem Gesicht und blickte ihn lächelnd an.

»Hey, was ist denn mit dir los? So kenne ich dich ja gar nicht. Aber ich muss sagen, es gefällt mir.«

Alexander ging nicht darauf ein und schaute sie eindringlich an. »Bin ich dein einziger Mann?«

Larissa zog einen Mundwinkel hoch und musterte ihn. »Natürlich nicht. Schließlich bin ich verheiratet.«

»Du weißt, was ich meine.« Er schwang sich mit einem Satz aus dem Bett.

Irritiert sah sie ihn an und ihr halbes Lächeln verschwand. »Jetzt krieg dich bitte ein und leg dich wieder hin.« Auffordernd klopfte sie auf die leere Seite neben sich. »Ich muss dir was erzählen.«

Widerstrebend sank er erneut auf die Matratze. »Zuerst möchte ich wissen, ob es da noch andere Männer gibt.«

Forschend fixierte er seine Geliebte.

Sie winkte ab und fuhr fort, aufgeregt auf ihn einzureden, nachdem sie ihm versichert hatte, dass er der Einzige sei. »Ich war in der Römerzeit und habe meine Schwester gesehen.«

»Wie das?«, fragte er gedankenverloren, während er ihr die Brüste streichelte. Heute hatte er noch nicht genug, aber ausnahmsweise ging Larissa nicht auf seine erneuten Annäherungsversuche ein und wischte unwillig seine Hand weg.

»Was ist denn?« Irritiert sah er sie an.

»Du hörst mir gar nicht zu.« Sie verzog schmollend ihre Lippen.

»Doch, ich höre dir immer zu.« Er ließ von ihr ab und setzte sich auf. An der mit weinrotem Samt bezogenen Rückenlehne des Bettes machte er es sich bequem und legte seine Hand demonstrativ hinters Ohr. »Leg los.«

»Du glaubst mir nicht?«

Er zögerte. Natürlich hatte sie hin und wieder so einen Unsinn erzählt, aber er hatte es immer wieder als Spinnerei abgetan. Außerdem hatten solche Blödeleien sie für ihn umso begehrenswerter gemacht. Nur jetzt schien sie es ernst zu meinen.

»Doch, natürlich, aber ich weiß auch, dass es nicht möglich ist, so einfach eine Zeitreise in die Vergangenheit zu machen. Du wirst mir sicher gleich erzählen, wie du es geschafft hast, zu deiner Schwester zu kommen.« Er war gespannt, was für eine Geschichte sie diesmal zu erzählen hatte.

»Idiot«, murmelte sie, »natürlich habe ich keine Zeitreise gemacht, denn sonst wäre ich jetzt nicht mehr hier. So viel solltest auch du wissen«, fuhr sie tadelnd fort. »Es war nur ein Traum. Nein, es war mehr als das. Anne hat mich im Traum heimgesucht. Sie hat mir gesagt, was ich machen muss, um endgültig und für immer in ihre Römerzeit zu kommen.«

»Ich weiß nicht, ob ich das so gut finde«, erwiderte er und stupfte Larissa leicht gegen die Nase, »denn dann bist du ja nicht mehr hier bei mir.«

»Ach, du nimmst mich nicht ernst.« Sichtlich empört sprang sie auf und griff nach ihrem Kleid, das sie zuvor achtlos auf den Boden geworfen hatte.

Alexander erhob sich ebenfalls und fasste sie am Handgelenk. Nein, er konnte sie nicht gehen lassen.

»Komm. Bleib hier. Wir sind doch noch nicht fertig.« Voller Verlangen sah er Larissa in die Augen.

Zum Glück ließ sie sich das nicht zweimal sagen, lachte kokett auf und ließ das Kleid wieder fallen.

Montag, 20. Juni

Klaus

»Was meinst du? Sollen wir zuerst Alexander Schlegel aufsuchen oder noch mal die ehrenamtliche Mitarbeiterin des Römercafés befragen?« Lisa stellte ihr Glas auf den Tisch.

Klaus setzte zum Antworten an, wurde aber von der Bedienung unterbrochen, die ihre bestellten Salate brachte. Lisa hatte ihn vom Polizeiposten abgeholt. Jetzt saßen sie für eine kurze Mittagspause im Biergarten des Brauhauses, das sich ebenfalls im Gebäude des Rathauses befand.

Klaus wickelte das Besteck aus der Serviette. »Lass uns schauen, ob wir den Schlegel zu Hause erwischen und dann sehen wir weiter«, meinte er, bevor er sich über den Salat hermachte.

»Okay. Weißt du noch, wie die Frau hieß, die gestern in dem Café bedient hat?«

»Anita irgendwas.«

»Na, das bringt uns ja wirklich weiter.« Spöttisch musterte Lisa ihren Lebensgefährten.

»Ich hab's. Engel?«

»Was? Engel?«

»Na, Engel heißt die Frau. Anita Engel.«

»Ach so, alles klar.«

Klaus tippte in sein Handy.

»Ich habe meinen Kollegen angeschrieben. Der kümmert sich um die Adresse und erkundigt sich nach der Person, die die Eintrittskarten verkauft hat. Vielleicht ist der noch was aufgefallen.«

»Ich denke nicht, dass die Diebin Eintritt bezahlt hat.« Lisa zog die Stirn kraus.

»Das glaube ich auch nicht, aber wir müssen alle Möglichkeiten ausschöpfen.«

»Lustig.«

»Was ist denn so lustig?«, fragte Klaus irritiert.

»Ich hätte nicht gedacht, dass wir mal zusammen ermitteln.«

»Geht mir genauso.« Er grinste. »Aber ich hätte noch viel weniger gedacht, dass wir mal ein Paar werden.«

»Ich auch nicht.« Lisa schob sich eine Gabel Salat mit Putenstreifen in den Mund.

»Übrigens, noch mal wegen gestern ...«

»Lass uns das ein anderes Mal besprechen«, unterbrach sie ihn. »Jetzt müssen wir ermitteln.«

»Nein, wir müssen mittagessen«, verbesserte er und seufzte. »Ich wollte nur sagen, es tut mir leid, dass ich so einfach gegangen bin.«

»Ist schon gut«, antwortete sie und lächelte ihn an.

...

Hauptkommissar Maximilian Richter, sein Kollege und der Vater von Lisas Tochter, hatte Klaus die Adresse von Alexander Schlegel per WhatsApp geschickt.

Eine Stunde später standen sie vor dem Einfamilienhaus im Wilferdinger Neubaugebiet und klingelten. Sie wollten sich schon abwenden und wieder gehen, weil von drinnen rein gar nichts zu hören war, als die Tür doch noch aufgerissen wurde.

»Was kann ich für Sie tun?« Alexander Schlegel sah aus, als ob er aus dem Schlaf gerissen worden war. Seine Haare standen in alle Richtungen und sein Gesicht wirkte etwas zerknittert. Dann schien er sie zu erkennen. »Ach, Sie sind das. Waren Sie nicht gestern auch im Römermuseum, als es mich zerbröselt hat?«

»Ja, aber da waren wir privat auf der Führung. Heute sind wir beruflich hier.«

Lisa hielt Schlegel ihre Dienstmarke hin. »Lisa Breuer vom Kriminalkommissariat Pforzheim und das ist mein Kollege Klaus Kübler vom Remchinger Polizeiposten. Dürfen wir reinkommen? Wir haben ein paar Fragen an Sie.«

Alexander Schlegel machte einen Schritt zur

Seite und eine einladende Handbewegung. »Klar, treten Sie ein. Allerdings ist mir nicht klar, worüber Sie mit mir sprechen wollen. Schließlich ist es nicht verboten, einen anaphylaktischen Schock zu bekommen. Oder?«

Klaus grinste, aber Lisa überging diese Aussage. »Geht es Ihnen jetzt wieder gut?«, fragte sie.

»Äh, ja, doch, so weit ist alles in Ordnung. Kommen Sie doch erst einmal ins Wohnzimmer. Möchten Sie etwas trinken?«

Klaus lehnte dankend ab und auch Lisa schüttelte den Kopf. Klaus ließ seinen Blick durch den geschmackvoll eingerichteten Raum gleiten. Er war beeindruckt. Auf dem hell gefliesten Boden lagen flauschige Teppiche im Grauton. An den Wänden verteilt standen vereinzelt dunkelbraune Schränke, Kommoden und Bücherregale. Ein großer Esstisch aus Glas vervollständigte die Einrichtung.

Klaus ließ sich nach Herrn Schlegels Aufforderung vorsichtig auf einen der weißen Lederstühle am Tisch nieder. Alles war so sauber und steril, dass man Angst bekam, Unordnung zu verursachen.

Lisa schien ebenfalls überrascht, so wie sie sich umschaute.

Er wusste, dass sie Ordnung liebte, aber nur

bis zu einem gewissen Grad. Bestimmt fühlte sie sich hier fehl am Platz. Er seufzte innerlich und dachte daran, dass er dazu neigte, seine Kleidung und sonstige Sachen ständig irgendwo herumliegen zu lassen, was ihr nicht gefiel.

Er wurde aus seinen Gedanken gerissen, als sich der Hausherr ihnen gegenüber hinsetzte und sie schweigend musterte.

»Ist Ihnen denn, bevor es Ihnen schlecht ging, irgendetwas aufgefallen?«, begann Lisa die Befragung.

»Inwiefern? Spielen Sie auf den Diebstahl an? Ich habe davon gehört.«

»Ja, deswegen sind wir hier.«

»Da muss ich Sie enttäuschen. Soviel ich weiß, ist das ja erst passiert, als ich schon abtransportiert war. Stimmt's?«

»Das ist richtig«, mischte sich Klaus ein, »aber es könnte ja trotzdem sein, dass Ihnen irgendetwas aufgefallen ist. Haben Sie vielleicht eine Frau mit einem langen Kleid oder Umhang bemerkt? Oder vielleicht ist Ihrer Frau etwas aufgefallen.«

Schlegel kratzte sich an der Stirn. »Also, Martina ist ja mit mir ins Krankenhaus gefahren und wenn ihr was aufgefallen wäre, hätte sie mir das sicherlich erzählt. Im Moment ist sie nicht hier

und es kann dauern, bis sie von ihrem Einkaufs-
bummel nach Hause kommt. Sie hat heute frei,
und wenn Frauen einkaufen gehen, das wissen
Sie sicher, braucht das Zeit.« Um Zustimmung
heischend schaute er Klaus an. »Und ich …«

»Nun gut«, unterbrach ihn Lisa unwirsch.
»Dann kommen wir noch mal auf Ihren anaphylaktischen Schock zu sprechen. Wie kam es denn
dazu?«

»Das ist mir auch ein Rätsel. Ich habe im Museum nichts gegessen. Es gibt also keine Erklärung dafür.«

»Sind Sie Allergiker?«

»Ja, ich reagiere auf Nüsse, insbesonders auf
Erdnüsse.«

»Und Sie haben dort gestern rein gar nichts zu
sich genommen?«

»Gott bewahre, nein. Ich bin ja nicht lebens-
müde.«

Klaus bemerkte einen leichten Schweißfilm
auf seiner Stirn. Er glaubte ihm nicht, obwohl es
keinen Grund gab, die Aussage anzuzweifeln.

Lisa legte ihre Visitenkarte auf den Glastisch
und bat Schlegel, sich bei ihr zu melden, wenn
ihm oder seiner Frau noch irgendetwas Ungewöhnliches an ihrem Museumsbesuch einfallen
würde. Sie stand auf.

Auch Klaus erhob sich.

Alexander Schlegel brachte sie zur Tür, wo sie sich verabschiedeten.

Draußen stellte Lisa fest, dass es Zeit war, Mia aus dem Kindergarten abzuholen. Im Wechsel mit Max machte sie jeden zweiten Tag früher Feierabend. Meistens hatten sich viele Überstunden angesammelt, sodass es null auf null ausging.

»Dann geh du ruhig«, sagte Klaus. »Ich fahre allein zu Kai Schneider.«

»Wer ist das?« Fragend schaute Lisa ihn an.

»Der Hobbyhistoriker, der die Führung im Römermuseum gemacht hat. Max hat mir seine Adresse gemailt.«

»Ach so. Gut, das kannst du ohne mich machen. Der Mann ist schließlich kein Verdächtiger. Da wird eh nicht viel dabei rauskommen.«

»Das denke ich auch, aber er hat, wie meine Kollegin Damaris mir geschrieben hat, die Eintrittskarten verkauft.«

»War das nicht die Frau Engel?«

»Nein, die hat sich erst am Eingang niedergelassen, als die Führung begonnen hat. Sie hat uns die Karten überreicht, weil wir zu spät gekommen sind. Du erinnerst dich?«

»Stimmt. Alles klar. Du kannst mir heute Abend berichten, ob du Erfolg hattest.«

»Mach ich«, erwiderte Klaus, drückte ihr einen Kuss auf den Mund und eilte zum Dienstwagen. Da Herr Schneider im Ortsteil Singen wohnte, war ihm das zu Fuß zu weit.

Zehn Minuten später stand er dem Historiker in dessen Diele gegenüber. Da Kai Schneider einen Arzttermin und nicht viel Zeit hatte, bot er Klaus nicht an, sich hinzusetzen.

»Ich will Sie nicht aufhalten, aber vielleicht können Sie mir sagen, ob Ihnen beim Kartenverkauf eine Besucherin mit einem langen Kleid oder einem Umhang aufgefallen ist«, begann Klaus das Gespräch.

»Hm, nein, überhaupt nicht. Allerdings muss ich gestehen, dass ich auf so etwas nicht achte.« Er hob die Schultern, wirkte zerknirscht.

»Okay, und was hat es mit dem Sandsteinkopf auf sich? Wie ich gehört habe, ist der nicht besonders wertvoll. Warum sollte jemand daran Interesse haben?«

»Das ist die große Frage. Ich habe keine Ahnung«, antwortete Schneider mit einem ungeduldigen Blick auf seine Armbanduhr.

Klaus, der den Wink mit dem Zaunpfahl verstand, ging langsam zur Tür.

Er hob die Hand und verabschiedete sich mit den Worten: »Bitte melden Sie sich, wenn Ihnen doch noch etwas einfällt. Selbst, wenn es Ihnen unwichtig erscheint.«

Herr Schneider versprach das und schloss hinter Klaus die Tür.

Mittwoch, 25. Mai

Rückblick
Martina Schlegel

Erschöpft von der schlaflosen Nacht, lehnte sich Martina Schlegel gegen die Ablage ihrer neuen chromfarbenen Einbauküche. Alles könnte so schön sein. Endlich hatten sie ihr Traumhaus perfekt nach ihrem Geschmack eingerichtet, und nun – so wie es aussah – betrog Alex sie mit dieser rothaarigen Schlampe.

Tränen flossen ihr lautlos über die Wangen. Wann hatte sie versäumt, auf ihre Ehe, vor allem auf die Wünsche ihres Mannes zu achten? Nun war es zu spät. Zumindest kam es ihr so vor. Ganz sicher war sie sich allerdings nicht. Aber die schmachtenden Blicke, die ihr Ehemann Larissa zugeworfen hatte, waren nicht zu übersehen gewesen.

Ihr war aufgefallen, dass diese Frau ständig Alexanders Nähe suchte. Ben schien das überhaupt nicht zu bemerken. Na ja, vielleicht führten die beiden eine offene Ehe. So gut kannte sie das Paar nun auch wieder nicht.

Bis vor Kurzem waren hauptsächlich die Männer befreundet gewesen. Erst seit ungefähr einem

Jahr trafen sie sich regelmäßig zu viert. Martina könnte darauf allerdings verzichten.

Sie wischte sich mit der Hand über ihre nassen Wangen und fuhr sich durch ihren kurzen dunklen Fransenhaarschnitt. Nein, sie konnte das nicht mehr länger ignorieren. Nicht, nachdem Alex die ganze Nacht nicht heimgekommen war. Er hatte gesagt, dass er geschäftlich nach Frankfurt fahren müsse und dort übernachten würde. Aber sie hatte in seiner Firma angerufen und die redefreudige Sekretärin hatte ihr erklärt, dass Alexander sich heute freigenommen und sich sehr auf die beiden Tage gefreut habe. Ob sie das denn nicht wisse.

Erneut schossen Martina Tränen aus den Augen.

Entschlossen eilte sie ins Bad und schüttete sich mit den Händen kaltes Wasser übers Gesicht. Sie würde ihren treulosen Mann heute zur Rede stellen. Er musste sich entscheiden.

Als sie aus dem Fenster schaute, sah sie, dass Alexander seinen Audi in die Einfahrt lenkte und den Wagen vor der Garage abstellte. Er war früh dran. Martina war gespannt, wie er ihr erklären wollte, dass er schon um neun Uhr aus Frankfurt zurückkam.

Alexander schloss die Haustür auf.

Eigentlich sollte sie in der Schmuckfirma sein,

in der sie arbeitete. Bestimmt hatte er aber ihr Auto vor dem Haus gesehen, sodass er vorbereitet war.

»Martina«, rief er beim Eintreten. Bewusst gab sie keine Antwort.

Er öffnete die Küchentür und kam herein. »Meine Güte, hast du mich erschreckt«, entfuhr es ihm. Er war regelrecht zusammengezuckt, als er sie lautlos an der Küchenzeile stehen sah. »Was um alles in der Welt machst du hier?«

»Entschuldige, ich wohne hier.«

»So meine ich das nicht. Ich wundere mich nur, dass du nicht im Geschäft bist.«

»Ich habe mich krankgemeldet.«

»Okay, was fehlt dir? Du siehst überhaupt nicht krank aus«, stellte er fest.

»Das täuscht«, antwortete Martina.

Alexander runzelte die Stirn. »Was ist los?«, fragte er mit rauer Stimme. »Habe ich was verbrochen?«

»Hast du? Wenn du das selbst nicht weißt, muss ich dir wohl ein bisschen nachhelfen.« Sie spürte, dass sich ihre Gesichtsfarbe rötete.

Alexander wich zwei Schritte zurück, so als wolle er sich die Möglichkeit zur Flucht offenlassen.

Martina schoss auf ihn zu. Dicht vor ihm blieb

sie stehen. »Du hast ein Verhältnis mit dieser Schlampe, du brauchst es gar nicht zu leugnen.«

Schweigen. Alexander senkte den Kopf und nach einer gefühlten Ewigkeit flüsterte er: »Ja, so ist es. Es tut mir leid.«

Mit so einem schnellen Geständnis hatte sie nicht gerechnet. Alle Wut wich aus ihr, sie sackte regelrecht in sich zusammen. Nach einer Weile schaute sie ihn an. »Du wirst das sofort beenden.«

»Das kann ich nicht.«

»Wie, du kannst das nicht?«

»Ich liebe Larissa und sie mich.«

»So ein Quatsch«, erwiderte sie. »Du bedeutest ihr gar nichts. Kennst du nicht ihren Ruf? Sie verschlingt die Männer geradezu. Ständig betrügt sie Ben. Diese Frau kann gar nicht lieben.«

»Das stimmt doch überhaupt nicht.« Mehr schien ihm nicht einzufallen. »Lass uns doch einfach so weitermachen«, wagte Alexander vorzuschlagen. »Dir fehlt es doch an nichts. Schließlich liebe ich dich auch immer noch.«

Martina riss empört ihre Augen auf. »Ach, das ist ja nett von dir. Dann ist ja alles gut.« Ihre Stimme troff voller Sarkasmus. »Dann können wir ja glücklich zu dritt bis ans Lebensende zusammenbleiben. Oder besser zu viert. Das kannst du …«

»Jetzt beruhige dich mal.«

Sie wich zurück und zischte: »Pack deine Sachen und verschwinde.«

Fassungslos starrte er sie an. »Das kannst du doch nicht machen.«

»Und ob ich das kann. Schließlich läuft das Haus auf meinen Namen, weil mein Vater es für uns gekauft hat und du rein gar nichts damit zu tun hast. Also, hau ab!« Mit diesen Worten rannte Martina die Treppe ins Obergeschoss hoch und ließ ihn stehen.

Montag, 20. Juni

Heiko Schönfuss

Heiko Schönfuss stand an seiner Minibar und goss sich einen Whisky ein. Er zögerte kurz, bevor er das Glas zum Mund führte. Ihm war durchaus bewusst, dass er auf dem besten Weg war, Alkoholiker zu werden. Schließlich war es erst zehn Uhr. Bisher hatte er es wenigstens geschafft, bis nachmittags zu warten. Schuld war nur Larissa, weil sie ihn verlassen hatte.

»Aber ich werde dich zurückholen, das verspreche ich dir«, murmelte er vor sich hin und kippte den Inhalt des Glases in einem Zug hinunter. Wohlige Wärme breitete sich in ihm aus. Er widerstand der Versuchung, das Sprudelglas erneut zu füllen. Man musste es ja nicht gleich übertreiben. Der Tag war noch lang. Vielleicht sollte er erst einmal frühstücken. Er schwankte zum Sofa, da der Alkohol, den er bis zum frühen Morgen zu sich genommen hatte, noch nicht vollständig abgebaut war, und legte sich ächzend nieder. Es dauerte keine fünf Minuten und er war tief und fest eingeschlafen.

Zwei Stunden später rappelte Heiko sich wieder auf und stellte sich unter die Dusche. Es war ihm gelungen, an den, wie ihm schien, zuzwinkernden Flaschen auf dem kleinen Tisch neben der Bar vorbeizukommen.

Er ließ kaltes Wasser über sich rieseln, wollte einen klaren Kopf bekommen. Schließlich musste er einen Plan aushecken, wie er seine heißgeliebte Larissa zurückbekommen konnte. Sie wollte nichts mehr von ihm wissen.

Es musste irgendetwas geben, mit dem er sie erpressen konnte. Das war doch sein Spezialgebiet. Damit war er zu viel Geld gekommen. Allein mit der Erpressung von fremdgehenden Ehemännern im Bekanntenkreis hatte er sich so manchen Urlaub leisten können.

Vielleicht sollte er Larissas neuem Lover mal vorschlagen, ein Gespräch mit seiner Frau zu führen. Aber was, wenn es dem egal wäre und er sich von ihr trennen würde? Dann hätte er Larissa vollständig verloren. Nein, das Risiko konnte er nicht eingehen. Es schien etwas Ernstes mit den beiden zu sein. Am besten, er brachte den Konkurrenten gleich um die Ecke.

Heiko seufzte. Er wusste, dass die Geschichte bereits ein halbes Jahr lang lief. Bisher hatte ihm das wenig ausgemacht, denn er war lange Zeit nicht zu kurz gekommen. Die Frau war einfach unersättlich.

Aber nun wollte die Schlampe nichts mehr von ihm wissen. So kam sie ihm nicht davon.

Und auf einmal erinnerte er sich an die für ihn unerklärliche Situation, die er am Sonntag beobachtet hatte. Bis jetzt hatte er sich keinen Reim darauf machen können. Aber nun fügte sich in seinem Kopf alles wie ein Puzzle zusammen. Bingo! Das war es. Er wusste jetzt, was er zu tun hatte.

Montag, 20. Juni

Kriminalkommissariat – Lisa

Lisa war in Gedanken bei ihrer Tochter, als die Stimme ihres Chefs zu ihr vordrang. Der hatte vor einer Stunde bei ihr angerufen und sie gebeten, heute noch einmal zur Besprechung zu kommen. Eigentlich hätte sie heute Nachmittag frei gehabt. Schweren Herzens hatte sie Mia dann zu Max auf den Polizeiposten gebracht. Glücklicherweise konnte der sich für den Rest des Tages freinehmen.

»Und? Haben die Befragungen in Remchingen was ergeben?« Erwartungsvoll schaute Peter Baumann sein versammeltes Team an.

Lisa seufzte. »Leider sind wir da nicht weitergekommen. Wir möchten noch mit der Ehefrau von Alexander Schlegel sprechen, denn die war nicht zu Hause, als wir dort waren. Aber viel verspreche ich mir davon nicht. Kai Schneider, der die Führung im Römermuseum gemacht hat, konnte uns auch nicht weiterhelfen. Er war es, der an der Kasse die Eintrittskarten verkauft hat. Frau Engel hat nur kurz zu Beginn der Führung den Platz übernommen, falls noch Teilnehmer kommen würden. Sie ist die Einzige, die eine Person in einem langen Kleid oder einem Gewand gesehen haben will.«

Baumann zog die Augenbrauen hoch. »Das ist definitiv zu wenig, um weiterhin Zeit dafür zu verschwenden. Vor allem, weil ja nichts passiert ist. Dieser Frauenkopf aus der Römerzeit war doch nicht viel wert. Oder?«

»Nein, komischerweise nicht.« Lisa hob die Schultern.

»Wir haben hier in Pforzheim wirklich Wichtigeres zu tun«, fuhr ihr Chef fort. »Gestern hat es am Turnplatz eine Schlägerei mit mehreren Verletzten gegeben. Ein Mann befindet sich noch in Lebensgefahr. Wir haben nur einen der beiden Täter festnehmen können. Ein Verdächtiger wird noch gesucht. Außerdem wurde vorhin ein Diebstahl in der Schlössle-Galerie gemeldet. Dabei wurde eine Verkäuferin leicht verletzt. Zwei Kollegen sind gerade vor Ort. Ihr seht also, wir brauchen dich hier, Lisa. Nicht wahr?«

Er fixierte sie einen Moment lang, schaute dann Lea und Jörg an, die neben ihr saßen.

Die beiden nickten zustimmend.

»Deshalb werden wir den Fall ›Römermuseum‹ zu den Akten legen.«

Er wandte sich erneut an Lisa.

»Klaus Kübler darf sich natürlich gerne weiterhin umhören, aber auf dich können wir nicht verzichten.«

Oje, da wird er aber begeistert sein, schoss es ihr durch den Kopf.

Donnerstag, 26. Mai

Rückblick
Alexander Schlegel

Alexander war ratlos. Martina war gestern nach dem Streit und der Enthüllung seiner Affäre einfach gegangen.

Sie hatte sich zuvor oben im Schlafzimmer das Nötigste in eine Reisetasche gestopft und dann eiligst das Haus verlassen. Gesagt, wohin sie wolle, hatte sie nicht. Aber sie hatte ihm vorher klargemacht, dass er verschwinden solle, bis sie wieder zurück sei, was natürlich nicht in Frage kam. Vielleicht beruhigte sie sich wieder.

Alexander rieb sich mit den Händen über die Augen und hoffte, so den Tränenfilm, der ihn verschwommen sehen ließ, wegwischen zu können.

Die kurze Nacht machte sich bemerkbar, er sah seine Umgebung nur unscharf.

Erschrocken fuhr er zusammen, als sein Handy klingelte. Das Display zeigte Larry an. Unter diesem Namen war Larissa gespeichert, falls sein Smartphone doch mal in Martinas Hände geraten würde.

Er stöhnte auf. Im Moment war ihm nicht nach einem Gespräch mit seiner Geliebten zumute.

Trotzdem brachte er es nicht fertig, sie wegzudrücken.

»Hi«, meldete er sich, »warum rufst du mich jetzt an? Du weißt doch, dass ich zu Hause bin.«

»Ja und? Arbeitet deine Göttergattin heute nicht?«

Er knirschte mit den Zähnen und fragte barscher als beabsichtigt: »Was gibt es denn?«

»Hey, warum so brummig?« Sie klang beleidigt.

Er gab keine Antwort.

»Na gut«, fuhr sie fort, »ist die Luft rein? Ich stehe vor deinem Haus. Hab dein Auto gesehen. Und du hast mich heute Nacht nicht mehr zu Wort kommen lassen. Deshalb muss ich jetzt mit dir reden.«

»Bist du irre? Du kannst doch nicht am helllichten Tag hier auftauchen.« Entsetzt rannte Alexander zur Haustür und riss sie auf. »Mach, dass du reinkommst.« Er packte sie am Arm und zog sie ins Haus.

»Na, das ist ja mal eine stürmische Begrüßung.« Larissa schlang ihre Arme um seinen Hals und drückte sich an ihn. »Hier in eurem Schlafzimmer haben wir es noch nie gemacht.«

Voller Panik befreite er sich von ihr.

»Spinnst du?« Sie schüttelte den Kopf.

»Ist ja gut. Jetzt sag schon, was es so Wichtiges gibt, das nicht warten kann.«

Larissas grüne Augen funkelten. »Ich brauche deine Hilfe. Ich muss zu meiner Schwester in die Römerzeit und du kannst mir dabei helfen.«

Nachdem sie Alexander von ihrem Plan erzählt hatte, starrte er sie an, sie musste den Verstand verloren haben. Zum ersten Mal zweifelte er wirklich an ihrem Geisteszustand. Vielleicht sah er sie auch nur mit anderen Augen, weil er sich um seine Ehe sorgte. Jedenfalls nervte sie ihn im Moment. Außerdem hatte er Bedenken, dass seine Frau zurückkehren konnte.

»Du gehst jetzt besser«, sagte er bestimmt, ohne weiter auf ihr absurdes Ansinnen einzugehen.

»Das ist nicht dein Ernst.« Wütend starrte Larissa ihn an. »Das wirst du bereuen.« Sie rannte aus dem Haus und ließ die Tür krachend ins Schloss fallen.

Montagnachmittag, 20. Juni

Heiko Schönfuss

Heiko hatte sich sein Vorgehen genau überlegt. Bevor er bei Larissa seinen Trumpf ausspielen würde, musste er sich um seine Finanzen kümmern. Daher hatte er sich mit Jochen Bezold, seinem früheren Kumpel aus Jugendzeiten, in Nöttingen am Fußballplatz verabredet. Auf Wunsch von Jochen sollte er dort hinkommen, weil es da am wenigsten auffiel, war er doch sowieso ständig an diesem Ort. Heiko grinste, als er daran dachte, dass Bezold eine Heidenangst hatte, seine Frau könne von seinem Verhältnis mit seiner jüngeren Geliebten erfahren. Bei ihm ging es nicht nur darum, dass er seine Frau, von der er beteuerte, sie über alles zu lieben, verlieren könnte, sondern da hing noch das Fliesengeschäft dran, das auf ihren Namen lief.

Heiko rieb sich die Hände, als er Jochen herbeieilen sah. Der würde die geforderte Summe endlich zahlen müssen. Länger ließe er sich nicht vertrösten. Er bemühte sich um eine finstere Miene, obwohl er innerlich frohlockte.

Zwei Stunden später wartete Heiko in einem Café in der Pforzheimer Innenstadt auf Larissa.

Er hatte sie zuvor telefonisch überreden müssen, sich mit ihm zu treffen. Obwohl überreden nicht das richtige Wort war, erpressen traf eher zu. Er hatte gesagt, dass sie es zutiefst bereuen würde, wenn sie nicht erschiene.

Ungeduldig blickte er zum gefühlt hundertsten Mal auf seine Armbanduhr. Es war schon eine halbe Stunde über der vereinbarten Zeit. Sie wird mich doch nicht versetzen, schoss es ihm durch den Kopf. Dann gnade ihr … Zähneknirschend trank er seinen Cappuccino aus und verschluckte sich vor lauter Schreck, als sein Handy in der Hosentasche losdröhnte. Hastig drückte er auf die grüne Taste, nachdem er auf dem Display ›Liebling‹ gelesen hatte.

»Larissa, was ist los? Wo steckst du?«

»Ich habe keine Lust auf Kaffeetrinken. Komm doch lieber zu mir zur Enz runter. Du weißt ja, wo du mich dort findest.«

Wortlos beendete er das Gespräch und rief die Bedienung: »Ich möchte bezahlen.«

Die junge Frau schaute ihn an und nickte.

Dabei sah sie nicht gerade freundlich aus. Wahrscheinlich, weil er nicht bitte gesagt hatte.

Aber er hatte jetzt keinen Sinn für Empfindlichkeiten. Er fühlte sich von Larissa gedemütigt und hätte sie am liebsten an der Enz sitzen lassen.

Leider kam das nicht in Frage, da er sich ein Leben ohne sie nicht vorstellen konnte. Er war ihr absolut verfallen. Die letzten Wochen waren schlimm genug für ihn gewesen.

Inzwischen hatte er die Fußgängerzone passiert, bog bei Thalia links ab und schlenderte die Leopoldstraße hinunter. Er wusste, wo sie auf ihn wartete. Sie hatten sich dort schon oft getroffen.

»Ein bisschen soll sie warten müssen«, murmelte er vor sich hin, konnte aber die Unruhe nicht unterdrücken. Nicht, dass sie wieder verschwinden würde.

Unten an der Kreuzung überquerte er erneut die Straße, hielt sich rechts und steigerte sein Tempo. Da es heute fast dreißig Grad waren, bildeten sich Schweißtropfen auf seiner Stirn. Nachdem er das Kino passiert hatte, ging er links in die Jahnstraße. Als er beim Pflegeheim ›Ambiente‹ ankam, sah er sich suchend um. Keine Larissa weit und breit. Eines Tages würde er die Frau umbringen, das nahm er sich in diesem Moment vor, aber dann bemerkte er sie. Sie saß unten am Fluss.

Er seufzte und eilte den Weg zum Wasser hinunter. Larissa hockte auf der Wiese und schaute ihm gelangweilt entgegen.

Vielleicht sollte ich sie gleich ermorden,

dachte er, bevor er sich erschöpft neben ihr ihm Gras niederließ. Er würde wohl seinen Alkoholkonsum einschränken müssen, wenn er nicht vollkommen zugrunde gehen wollte.

»Was ist los?«, fragte sie. »Was willst du von mir? Ich habe dir doch deutlich gesagt, dass es aus ist mit uns.«

»Das kann nicht dein Ernst sein. Ich liebe dich und du mich doch auch.«

»Du verwechselst Liebe mit Sex«, erwiderte sie, nachdem sie ihn einige Sekunden schweigend fixiert hatte.

Heiko starrte sie sprachlos an. Wie wunderschön sie war. Ihre lange kupferrote Mähne verdeckte das halbe Gesicht. Am liebsten hätte er sie geschüttelt. Stattdessen rückte er näher und legte ihr seine Hand an die Wange.

»Du wirst doch nicht bei diesem Langweiler Alexander versauern wollen.«

Larissa hob den Kopf und riss die Augen auf.

»Ach, du weißt davon? Aber egal, ich fühle mich im Moment ganz wohl bei ihm. Was ich von dir schon lange nicht mehr sagen kann.«

Mit leicht zusammengekniffenen Augen musterte sie ihn von oben bis unten. »Schau dich doch mal an, wie du rumläufst. Ungepflegt mit komischen Klamotten. Das reicht gerade fürs

Bett, da du dort keine Kleidung benötigst.« Sie grinste boshaft.

Heiko sprang auf. Hitze strömte über sein Gesicht, bestimmt war er rot geworden.

»Das wirst du bereuen. Ich zeige dich an. Ich weiß, was du getan hast. Ich habe dich aus dem Römermuseum rennen sehen. Und ich ahne, was du unter deinem Umhang versteckt hattest. Ich werde mal mit der Polizei reden müssen.«

Larissa wich alle Farbe aus dem Gesicht.

Heiko rieb sich die Hände. Er hatte sie erwischt und seine Worte hatten sie vermutlich sprachlos gemacht, denn sie schwieg und starrte ihn nur an.

Er stand auf und ging davon, drehte sich aber nach ein paar Schritten noch einmal um. »Es sei denn, Lari, du kommst heute Abend um acht in mein Haus und bist ein bisschen nett zu mir. Dann würde ich mir das überlegen.«

Plötzlich fühlte er sich als Gewinner und verbot sich, Larissa noch eines Blickes zu würdigen. Zuversichtlich erklomm er den Hang durch das Gebüsch. Er wusste, sie würde heute Abend kommen.

Freitag, 27. Mai

Rückblick
Larissa

Larissa kann nicht aufhören, ihre Schwester an-
zustarren. Anne sieht mit ihren langen wallenden
Haaren und den dunklen großen Augen wunder-
schön aus. Wie glücklich kann sie sich schätzen,
bei ihr zu sein. Und das, obwohl sie noch nicht
einmal ihre Aufgabe erfüllt hat. Sie befinden sich
in dem Gutshaus auf dem Niemandsberg in der
Küche. Larissa wundert sich ein bisschen, denn
bei ihrem letzten Ausflug in die Römerzeit hat
doch die andere Frau, die sich Cara nennt, hier
gewohnt und Anne weiter oben. Aber das ist
schließlich völlig unwichtig, sagt sie sich. Haupt-
sache sie ist hier und darf hoffentlich bleiben.
Der Tisch ist reichlich mit Brot, Linsen, Gurken,
Oliven und Pilzen gedeckt. Ihr läuft das Wasser
im Munde zusammen, als ihr der Duft des frisch
gebackenen Brotes in die Nase steigt. Und das
soll nur die Vorspeise sein. Drei etwas ältere
Frauen, mit Tuniken bekleidet, sitzen ebenfalls
am Tisch.

»Dann greif mal zu.« Anne sieht Larissa zärt-
lich an. Sie scheint ihr nichts mehr nachzutragen.

Larissa seufzt glücklich. »Meine kleine Schwester, ich werde jetzt immer bei dir bleiben und auf dich aufpassen.«

Plötzlich verfinstert sich Annes Gesichtsausdruck. Sie springt auf, baut sich drohend vor Larissa auf. »Lari, was machst du eigentlich hier? Du darfst überhaupt nicht hier sein. Und das weißt du.« Sie hat so laut gesprochen, dass die anderen Frauen zusammengezuckt sind.

»Verschwinde und komme erst wieder, wenn du deine Aufgabe erfüllt hast«, schreit Anne.

Erschrocken weicht Larissa vor ihrer hysterischen Schwester zurück.

Sie wachte schweißgebadet in ihrem Bett auf. Das war kein Traum gewesen, da war sich Larissa sicher. Sie sollte endlich ihren Auftrag erledigen. Doch dazu brauchte sie Alexanders Hilfe. Sie musste also klein beigeben. Sich bei ihm entschuldigen, so schwer ihr das auch fiel. Er würde es sowieso nicht lange ohne sie aushalten. Allerdings konnte sie ihm ein bisschen entgegenkommen.

Sie nahm sich vor, ihn zwei Tage schmoren zu lassen. Dann würde er alles für sie tun, sogar morden.

Larissa lächelte und hüpfte mit einem Satz aus dem Bett.

Montag, 30. Mai

Rückblick
Larissa

Es lief alles so ab, wie es sich Larissa vorstellte. Alexander hatte sich ein Wohnmobil gemietet. Er meinte, da seine Frau zurzeit bei einer Freundin wohne, wäre er niemandem Rechenschaft schuldig. Diese Aussage bereitete ihr Unbehagen. Sie war gerne mit Alex zusammen, wollte aber keine feste Beziehung mit ihm eingehen. Da war sie nicht der Typ dazu. Außerdem wollte sie ihren Mann nicht verlassen. Sie hatte Ben schon eine Weile nicht mehr gesehen und nahm sich vor, in den nächsten Tagen rauszukriegen, wo er sich aufhielt. Aber jetzt musste sie sich erst einmal um die Gegenwart kümmern.

Alex hatte es sich auf dem schmalen Bett im Wohnmobil bequem gemacht. Sie legte sich daneben und schmiegte sich an ihn.

»Na, mein Held«, sagte sie, fast schnurrte sie wie ein Kätzchen. »Wie fühlst du dich heute?«

Überrascht schaute Alexander sie an. Klar, denn das hatte sie ihn noch nie gefragt.

»Jetzt geht es mir blendend«, erwiderte er, während er ihr zärtlich über die Brüste streichelte.

»Und dir?«

»Hm, eigentlich gut, aber ich war wieder bei meiner Schwester in der Römerzeit.«

»Okay, und was hast du da erlebt?«

Larissa richtete sich auf. Sie strich eine seiner dunklen Locken, die ihm über das Auge gefallen war, aus dem Gesicht.

»Ich durfte nicht dort bleiben.« Nach einer Pause fuhr sie fort: »Ich brauche deine Hilfe.«

Alexander zog die Stirn kraus. »Und wie soll die aussehen?«

Sie erläuterte ihm ihren Plan. Er schien genervt. Wahrscheinlich zweifelte er an ihrem Geisteszustand.

»Das ist nicht dein Ernst. Oder? Das ist kein Spaß mehr.«

»Es war noch nie Spaß.« Ihre Augen blitzten vor Wut, doch dann riss sie sich zusammen. Mit Härte würde sie Alex nicht überzeugen.

Sie zwang sich zu einem sanften Lächeln, streichelte ihn erst am Bauch und ließ dabei ihre Hand langsam tiefer wandern, bis er schließlich alles versprach, nur damit sie nicht aufhörte.

Dienstag, 31. Mai

Rückblick
Martina Schlegel

Martina saß ihrer besten Freundin an deren Esstisch gegenüber und nippte an ihrem Kaffee. Sie war froh, dass sie eine Zeitlang bei Sybille wohnen konnte. Nachdem sie vor fünf Tagen fluchtartig das Haus verlassen und ihrem Mann gesagt hatte, dass er verschwinden soll, war sie zunächst vollkommen verzweifelt und sicher gewesen, dass sie Alexander nie wiedersehen wollte. Aber inzwischen zweifelte sie, ob es ihr ernst damit war. Außerdem fühlte sie sich elend und schwach, so als habe sie sich den Magen verdorben. Sie bemerkte den mitfühlenden Blick von Sybille.

»Schau mich nicht so mitleidig an. Es wird schon wieder«, sagte sie. »Ich bin schließlich nicht die einzige Frau, die von ihrem Mann betrogen wird.«

»Klar, aber es ist hart, wenn man selbst in der Situation ist«, erwiderte die Freundin.

»Es ist nicht nur ... das.« Nachdenklich starrte Martina auf ihren Teller, als ob es nichts Interessanteres als die Brotkrümel darauf geben würde. »Mir geht es nicht nur psychisch, sondern auch körperlich schlecht. Und das war schon so, bevor Alex über Nacht nicht nach Hause gekommen ist.«

Sybille schwieg und streichelte ihr über den Arm.

Plötzlich spürte Martina einen Druck in der Kehle, sie sprang auf, hielt sich die Hand vor den Mund und rannte in Richtung Badezimmer. Dort hob sie hastig den Klodeckel und es gelang ihr gerade noch rechtzeitig, sich zu übergeben, ohne dass etwas danebenging. Erschöpft schaute sie danach in den Spiegel. Meine Güte, wie blass sie war. Und die Schatten unter den Augen wurden immer ausgeprägter.

Sie schlich zurück ins Wohnzimmer und ließ sich auf den Stuhl fallen. »Sag nichts«, nuschelte sie.

»Nein, aber ich frage dich was.«

Erwartungsvoll hob Martina den Kopf.

»Seit wann geht das so?«

»Seit … Worauf willst du hinaus?« In ihrem Magen schien sich ein dicker Klumpen auszubreiten, sie schluckte. »Oh, nein. Das darf nicht sein.«

Mittwoch, 1. Juni

Rückblick
Martina Schlegel

Martina schloss die Haustür auf und trat in die Diele. Angespannt horchte sie auf ein Geräusch, das auf Alexanders Anwesenheit hindeutete. Vielleicht hatte er sein Auto in der Garage geparkt? Oder war er gar nicht da?

Erschrocken fuhr sie zusammen, als ihr Mann lautlos mit einer Tasse Kaffee in der Hand aus der Küche trat.

»Huch, hast du mich erschreckt«, zischte sie ihn an.

»Warum? Schließlich wohne ich noch hier.« Er zog die Augenbrauen hoch.

Martina winkte ab und erwiderte nichts. Wortlos ging sie an ihm vorbei und setzte sich auf einen der Esstischstühle.

Alexander folgte ihr. »Du siehst blass aus«, stellte er fest.

»Nun ja, das kann sein.« Sie fühlte den fragenden Blick ihres Mannes auf sich ruhen. Sicher überlegte er gerade, warum sie so freundlich mit ihm sprach, hatte sie ihn doch eigentlich aus dem Haus geworfen.

»Ich bin noch hier, wie du siehst«, wurde sie aus ihren Gedanken gerissen.

»Das ist mir durchaus bewusst.« Martina lächelte und signalisierte Alexander sich zu setzen.

Er ignorierte die Handbewegung, kam auf sie zu, hob mit seinem Zeigefinger ihr Kinn an und schaute ihr tief in die Augen. »Ich liebe dich und möchte dich nicht verlieren.«

Sie schmolz bei diesen Worten dahin und konnte die Tränen nicht mehr zurückhalten. Sie erhob sich und schlang ihre Arme um seinen Hals. »Das ist gut«, flüsterte sie ihm ins Ohr. »Ich liebe dich auch und wir bekommen ein Kind.«

Alexander schaute sie mit großen Augen an, sodass sie befürchtete, er könne etwas gegen ein Kind haben. Unsicherheit breitete sich in ihr aus. Doch dann strahlte er, hob sie hoch und wirbelte sie herum. Erleichtert atmete sie auf. Selten hatte sie ihren Mann so fassungslos und glücklich gesehen.

»Ich werde das Verhältnis mit Larissa beenden, ich verspreche es dir«, flüsterte er und hielt sie immer noch fest in den Armen.

In diesem Moment glaubte sie ihm sein Versprechen.

Dienstag, 21. Juni

Larissa

Larissa öffnete die Augen und schaute verwundert auf den Rollladen im Schlafzimmer. Die Sonnenstrahlen, die durch die schmalen Ritzen drangen, blendeten sie. Seltsam. War es schon so spät? Hatte sie so lange geschlafen?

Mit einem Ruck setzte sie sich im Bett auf, fiel aber im gleichen Moment wieder zurück. Sie ließ den gestrigen Abend Revue passieren. Tatsächlich hatte sie sich erpressen lassen und die Nacht mit ihrem Ex-Geliebten verbracht. Sie fühlte sich gedemütigt und kam sich benutzt vor. Das war das erste und das letzte Mal, das nahm sich Larissa fest vor. Der Gedanke, dass Heiko sie gewissermaßen zum Sex gezwungen hatte, verursachte ihr Übelkeit. Außerdem würde das kein Ende nehmen. Er hatte sie in der Hand und würde nie aufhören zu drohen, dass er der Polizei mitteilen würde, sie beobachtet zu haben, als sie aus dem Römermuseum gerannt war.

Gut, er hatte nicht sehen können, was sie unter ihrem Umhang versteckt hatte, aber es reichte, wenn die Polizeibeamten auf sie aufmerksam würden.

Nicht, dass sie Angst vor der Strafe hätte. Nein, das nicht, allerdings könnte ihr Vorhaben, endlich zu Anne in die Römerzeit zu reisen, in Gefahr geraten. Dieses Risiko durfte sie nicht eingehen.

Nachdenklich biss sich Larissa auf die Lippen. Es gab nur eine Möglichkeit. Alexander musste ihr erneut helfen.

Mit einem Satz sprang sie aus dem Bett. Sie schaute auf die Uhr und stellte fest, dass sie ihn noch nicht anrufen konnte. Er war wahrscheinlich zu Hause. Und da seine Frau wieder zu ihm zurückgekehrt war, weil die dämliche Kuh schwanger war, wollte er kein Risiko eingehen. Er durfte jetzt weiterhin dableiben und musste nicht ausziehen.

Larissa schüttelte über so viel Dummheit den Kopf.

Nachdem er hoch und heilig versprochen hatte, das Verhältnis mit ihr zu beenden, meinte Martina, dass sie überreagiert habe, ihn immer noch liebe und nicht verlieren wolle.

Ihr selbst konnte es egal sein. Sie hatte einen Mann und konnte also mit Alex weiterhin Spaß ohne Verpflichtungen haben. Als sie sich vor ein paar Tagen getroffen hatten, wollte er die Beziehung beenden. Zum Abschluss hatten sie dann noch einmal miteinander geschlafen. Bei ihr zu Hause, weil Ben auf einem Betriebsausflug war. Sie war sich sicher, dass Alexander ihr niemals den Laufpass geben und auch in Zukunft alle ihre Wünsche erfüllen würde.

Zufrieden seufzte sie bei diesem Gedanken auf. Klar, er würde für sie morden.

Mittwoch, 22. Juni

Larissa

Larissa befand sich auf dem Heimweg vom Bahnhof. Sie war heute Morgen mit der Bahn nach Karlsruhe gefahren und hatte sich dort den ganzen Tag treiben lassen. Nachdem sie sich einige neue Kleidungsstücke gekauft hatte, war sie essen gegangen. Nun blickte sie verwundert auf ihre Armbanduhr. Es war 22.30 Uhr. Wo war die Zeit geblieben? Klar, sie war noch in einer Bar in der Innenstadt versackt, aber dass es schon so spät war, darüber wunderte sie sich doch.

Larissa schaute sich um, es war stockdunkel. Normalerweise war sie nicht ängstlich, aber sie hatte sich, nachdem sie die Unterführung passiert hatte und an der Kulturhalle vorbeigegangen war, beobachtet gefühlt. Ausgerechnet heute war auf dem Fahrradweg, der an der Pfinz vorbeiführte, keine Menschenseele zu sehen.

Sie hatte den Gedanken nicht einmal zu Ende geführt, als eine dunkle Gestalt auf sie zusprang und sie am Arm packte. Erschrocken schrie sie auf.

»Ruhig, dir passiert nichts. Du musst mir nur zuhören«, hörte sie eine männliche Stimme.

Inzwischen erkannte sie den Mann. Das trug allerdings nicht dazu bei, dass ihr Herz weniger schnell schlug.

»Was willst du? Du bist doch Jochen, der Stammtischfreund von Heiko. Stimmt's?«

»So ist es. Und jetzt höre mir mal gut zu. Du wirst dafür sorgen, dass dein Freund aufhört, mich zu erpressen. Ist das klar?«

Larissa hatte sich inzwischen wieder gefasst. »Und wenn nicht? Außerdem ist Heiko nicht mein Freund.«

»Das ist mir egal. Ansonsten verrate ich der Frau vom Alexander Schlegel, dass du was mit ihrem Mann am Laufen hast. Ich habe euch gesehen.«

»Das ist mir so was von egal«, erwiderte sie wieder ganz gelassen.

»Okay, dann ist es dir wohl auch egal, dass ich weiß, wer den Römerkopf geklaut hat.«

Hämisch grinste Jochen sie an. Er hielt sie immer noch am Arm fest.

Larissa, die mit so einer Aussage nicht gerechnet hatte, bekam weiche Beine.

Sie befreite sich mit einem Ruck aus Jochens Umklammerung, drehte sich wortlos um und rannte davon.

Sie verlangsamte erst wieder ihr Tempo, als sie

am Ende des einsamen Weges auf die Wiesenstraße gelangte. Dort blieb sie stehen und versuchte, ihre beschleunigte Atmung zu reduzieren.

Sie war ratlos. Heiko würde sich bestimmt nichts von ihr sagen lassen.

Donnerstag 23. Juni

Alexander Schlegel

Alexander blickte sich verstohlen nach allen Seiten um. Es war zwar dunkel, trotzdem befürchtete er, gesehen zu werden.

Er zog sich die Kapuze der Joggingjacke tief ins Gesicht und eilte mit eingezogenem Genick am Altenpflegeheim in Wilferdingen vorbei.

Es war ihm nicht wohl bei dem Gedanken, sich hier an der Pfinz, wo ihn alle kannten, mit Larissa zu treffen. Seine Geliebte, eigentlich war es ja seine Ex-Geliebte, hatte nachmittags angerufen und ihn hierher bestellt. So konnte man es nennen, denn sie hatte nicht lange gefragt, ob er kommen würde. Und er, aus lauter Panik, sie könne Martina sagen, dass er doch wieder schwach geworden und mit ihr im Bett gewesen war, hatte sofort zugestimmt.

Aber nun hatte er ein komisches Gefühl im Magen und hätte am liebsten umgedreht.

»Hi, Alex«, sprach ihn jemand von der Seite an. Es war Jochen, ein Kumpel aus der Schulzeit. Alexander bemühte sich, sein Erschrecken zu verbergen.

»Ach, hallo, hab dich gar nicht gesehen.«

»Schon klar, du bist mit deinen Gedanken ganz woanders. Machst du einen Spaziergang, um den Kopf frei zu bekommen?« Jochen lachte.

»So ist es«, antwortete Alexander erleichtert, dass er nicht nach einer Ausrede suchen musste.

Aus dem Augenwinkel sah er Larissa auf dem Weg am Wasser ungeduldig hin und her laufen.

Der Schweiß brach ihm aus allen Poren, war ihm doch bewusst, dass es ihr egal war, wenn sie zusammen gesehen wurden.

Glücklicherweise verabschiedete Jochen sich mit den Worten: »Dann lass ich dich mal weiter in Ruhe nachdenken.«

Alexander nickte ihm kurz zu, blieb noch einen Moment stehen und ging dann schnurstracks zu Larissa. Hier war es wenigstens dunkler als in der Nähe der Kulturhalle.

»Ich habe gedacht, du kommst gar nicht mehr«, empfing sie ihn missmutig. Aber bevor er etwas erwidern konnte, lächelte sie ihn an und hakte sich bei ihm unter.

Schnell riss er seine Hand aus der Jackentasche und wich einen Schritt zurück. »Bist du verrückt? Wenn uns hier jemand sieht.«

»Meine Güte, seit deine Frau wieder zu dir zurückgekommen ist, bist du ja nur noch in Panik. Aber was soll's. Ich will euer Glück nicht stören.

Allerdings möchte ich dich um einen Gefallen bitten.«

»Und der wäre?« Heute war Alexander nicht bereit, auf ihre Spielchen einzugehen. Vielleicht war es doch gut, dass sie sich auf neutralem Boden trafen, so landeten sie wenigsten nicht im Bett, wo er ihr hoffnungslos verfallen wäre.

»Warum so schroff?« Schmollend sah sie ihn an. »Sollen wir es uns hier ein bisschen bequem machen?«

Entsetzt wich er noch weiter vor der Frau zurück, von der er einmal gemeint hatte, sie zu lieben. Langsam wurde ihm klar, dass er Sex mit Liebe verwechselt hatte.

»Jetzt sag schon, was ist los? Ich muss nach Hause«, entgegnete er barsch.

»Ich werde erpresst. Du musst mir helfen.« Larissa schaute ihn flehend an.

Sofort bekam er Mitleid mit ihr und trat wieder näher an sie heran. »Wer erpresst dich? Und warum?«

»Der Heiko hat gesehen, wie ich an dem besagten Sonntag aus dem Römermuseum gerannt bin.«

»Ja und? Er kann doch nicht wissen, was du da gemacht hast. Und beweisen kann er auch nichts.«

»Schon, aber wenn die Polizei auf mich aufmerksam wird …«

»Blödsinn«, unterbrach er sie. »Was soll passieren? Eine große Strafe wird dich nicht erwarten.«

»Darum geht es gar nicht. Wenn ich den Kopf zurückgeben muss, komme ich nie zu meiner Schwester.«

Alexander seufzte tief. Nein, das war keine Spielerei mehr, was sie sich in den Kopf gesetzt hatte. Er war sich sicher, dass sie es ernst meinte. Sie hatte wirklich den Verstand verloren. Auf was hatte er sich da nur eingelassen?

»Und was erwartest du nun von mir?« Langsam wurde er ungeduldig.

»Du sollst den Heiko entsorgen.«

»Waaas? Wie entsorgen? Tickst du noch ganz richtig?«

Mit gerunzelter Stirn blickte sie ihn an, die Hände hatte sie zu Fäusten geballt.

»Es geht hier um mehr als um deine Befindlichkeiten«, schleuderte sie ihm entgegen. »Du sollst ihn um die Ecke bringen, egal wie. Hast du das jetzt verstanden?«

Ihm verschlug es die Sprache und Panik kam in ihm auf, als er ihren irren Blick sah.

Tatsächlich, die Frau ist verrückt, schoss es

ihm durch den Kopf. »Und was ist, wenn ich es nicht mache?«

»Dann sorge ich dafür, dass deine Ehe kaputt ist, das kannst du mir glauben. Und dein Kind wirst du nie sehen.« Sie drehte sich um und eilte davon.

Er schluckte und schaute seiner Ex-Geliebten hinterher. Er traute ihr alles zu.

Was sollte er tun?

Sonntag, 26. Juni

Die Person kauerte auf dem Fahrersitz des gemieteten Lieferwagens. Sie hatte sich eine Perücke und eine große Brille aufgesetzt, um nicht erkannt zu werden. Es war zwar bereits dunkel, aber der Mond und die Straßenlaternen spendeten Licht und sie wollte kein Risiko eingehen.

Nachdem die Person nun drei Tage lang das Haus von Heiko Schönfuss beobachtete hatte, stand ihr Plan fest. Morgen würde sie dafür sorgen, dass dieser Verbrecher niemandem mehr das Leben zerstören konnte. Dessen Tagesablauf war immer gleich, außer wenn Stammtischabend war. Er kam pünktlich um dreiundzwanzig Uhr heraus und stellte sich mit dem Rücken zur Tür auf die kleine Fläche im Eingangsbereich, um zu rauchen. Bis jetzt war es noch nie so gewesen, dass er sich dabei herumgedreht hatte. Meistens telefonierte er während des Rauchens. Das wäre dann ideal für den Plan, weil er dadurch nicht aufmerksam wäre.

Man konnte beim Hineinschauen ins Haus genau erkennen, dass auf der anderen Seite im Wohnzimmer die Glasschiebetür, die in den Garten führte, offen war. Bei den derzeitigen Temperaturen würde das morgen mit Sicherheit genauso sein. Anscheinend hatte der Typ im Moment keine Geliebte.

Die Person wartete, bis Schönfuss wieder ins Haus zurückkehrte und die Tür schloss. Dann startete sie zufrieden den Wagen. Morgen war der perfekte Tag, dem Leben dieses Nichtsnutzes ein Ende zu bereiten. Morgen Abend war die Person bereit, das zu erledigen. Damit würde sie nicht nur sich, sondern auch vielen anderen einen Gefallen tun.

Montag, 27. Juni

Alexander Schlegel

Alexander war nach dem gemeinsamen Abendessen in der Küche sitzen geblieben. Martina hatte sich zurückgezogen, um ein Bad zu nehmen. Er stützte mit den Ellenbogen auf dem Tisch seinen Kopf und bedeckte mit beiden Händen das Gesicht.

Was sollte er nur tun? Das mit Larissa vor ein paar Tagen war ein einmaliger Ausrutscher gewesen. Die ganze Zeit zuvor hatte er sie wie die Pest gemieden, um ja nicht schwach zu werden. Er liebte seine Frau und freute sich auf das Kind. Wenn Larissa ihren Vorsatz wahrmachen und Martina alles erzählen würde, dann wäre es das Ende seiner Ehe, das war gewiss. Und nicht nur das, er hätte kein Haus mehr und die Firma stand ebenfalls nicht gut da. Im letzten Jahr hatte er viele Verluste erlitten. Und hätte sein Schwiegervater ihm nicht des Öfteren finanziell unter die Arme gegriffen, dann wäre das Geschäft längst Konkurs gegangen. Ohne seine Frau und ihren Vater könnte er sich in Zukunft nicht mehr lange über Wasser halten. Aber konnte er deswegen einen Menschen ermorden? War er dazu überhaupt fähig? Er schüttelte den Kopf. Wie kam er nur ohne Schaden aus der Sache raus? Ihm war klar, dass Lari ihre Drohung eiskalt wahrmachen würde, wenn er nicht tat, was sie verlangte.

»Na, du Träumer, was denkst du gerade?«

Erschrocken fuhr er herum. Er hatte Martina nicht kommen gehört.

»Was ist los? Du siehst aus, als hättest du ein Gespenst gesehen.«

Seine Frau musterte ihn misstrauisch. So ganz schien sie ihm immer noch nicht zu glauben, dass er das Verhältnis zu seiner Geliebten beendet hatte. Stimmte das überhaupt? War es wirklich beendet?

Alexander bemühte sich um ein Lächeln, das vermutlich etwas misslungen ausfiel.

»Alles gut. Ich bin nur müde und wäre fast eingeschlafen. Deshalb bin ich so erschrocken.«

Martina umfasste zärtlich sein Gesicht und drückte ihm einen Kuss auf die Lippen.

Er atmete innerlich auf. Sie schien es ihm abzunehmen. Er stand auf und schloss sie in die Arme. »Ich liebe dich. Vergiss das nie!«, flüsterte er ihr ins Ohr. Dann ging er in den Flur zur Garderobe und schnappte sich seine Jacke.

Martina folgte ihm. »Wo gehst du hin? Du machst mir Angst.«

»Blödsinn, wieso denn? Ich habe noch ein Kundengespräch.«

»Jetzt?« Sie blickte auf ihre Armbanduhr. »Es ist gleich halb neun.«

»Ja, tut mir leid. Ich habe vergessen, es dir zu sagen. Es ist wirklich wichtig«, fügte er hinzu, als er ihren Unmut bemerkte. »Du brauchst nicht auf mich zu warten.«

Er küsste sie zärtlich zum Abschied und verließ eiligst das Haus.

Dienstag, 28. Juni

Lisa

Das Polizeiteam hatte sich gerade im Besprechungszimmer des Pforzheimer Kriminalkommissariats versammelt, als Peter Baumann hereinstürmte. Er hatte eine rote Gesichtsfarbe. Das war nicht zu übersehen und Lisa vermutete, dass ihm sein Bluthochdruck mal wieder zu schaffen machte.

Er hielt sich nicht mit langer Vorrede auf. »Die Besprechung wird verschoben. In Remchingen hat es einen Toten gegeben. Es war kein natürlicher Tod, so viel steht fest. Am besten, ihr fahrt zu dritt zum Tatort und macht euch ein erstes Bild von der Tat.« Dabei sah Baumann der Reihe nach Lisa, Lea und Frank Rippberger an.

Letzterer wischte sich mit der Hand über den Dreitagebart. Dem jungen, durch Kraftsport durchtrainierten Oberkommissar sah man in seinen blitzenden Augen die Aufregung an.

Lisa schmunzelte innerlich, sein erstes Tötungsdelikt, wie es schien. Auch sie war auf einmal hellwach und aufmerksam.

Sie stupfte Lea an. »Langweilig wird es uns nicht«, flüsterte sie ihr zu.

»Ich werde inzwischen Calw benachrichtigen«, fuhr Baumann fort. »Ich denke, dass die Kollegen entweder den Fall übernehmen oder uns wieder einen Leiter der Soko schicken werden. Vielleicht bringt der sein eigenes Team mit.«

Lea und Rippberger waren von ihren Plätzen aufgesprungen. Auch Lisa erhob sich. Das Ermittlungsfieber hatte sie gepackt. Bestimmt ging es den beiden anderen genauso.

Allerdings breitete sich bei ihr ein unangenehmer Gedanke aus. Es würde doch wohl nicht Joshua Bähr hier auftauchen? Er hatte im letzten Jahr vor Ort die Soko geleitet, in der es um drei Mordfälle gegangen war. Sie hatte eine kurze Affäre mit dem Kollegen gehabt. Genaugenommen war es nur eine Nacht gewesen, aber er hatte mehr erwartet. Ihr Herz hatte damals schon Klaus gehört, sie wollte es sich nur nicht eingestehen. Lisa verbot sich weitere Überlegungen und eilte Lea hinterher, die den Raum gerade verließ.

Rippberger war nicht in Sichtweite. Bestimmt saß er bereits im Dienstwagen und konnte es kaum erwarten, zu ermitteln.

...

Fünfundvierzig Minuten später erreichten sie das

besagte Haus, das sich im Neubaugebiet von Wilferdingen befand.

Stöhnend erhob sich Lisa vom Beifahrersitz. Die Kleidung klebte an ihrem Körper. Die Sonne hatte das Auto gnadenlos erhitzt. Selbst die Klimaanlage kam nicht dagegen an. Auch Leas Worte, mit denen sie die in leuchtenden Farben angestrahlten blühenden Wiesen und Felder bewunderte, hatten Lisas Laune nicht verbessern können.

Sie hob das Absperrband des großflächig abgesonderten Tatorts, schlüpfte hindurch und hielt es für ihre Freundin weiterhin nach oben.

Sie grinste, denn aus dem Augenwinkel heraus sah sie, dass Kollege Rippberger den Kopf schüttelte, weil sie das Band kurz vor ihm wieder hatte fallen lassen. Allerdings war das keine Absicht gewesen, sie war nur mit den Gedanken schon bei der Leiche, die vor der Haustür des Einfamilienhauses lag.

Der ihr unbekannte Vertragsarzt stand daneben und schien sie ungeduldig zu erwarten.

»Ich dachte, Sie kommen gar nicht mehr«, empfing er sie mit missmutigem Gesichtsausdruck.

»Nun, da wir nicht fliegen können, dauert es eben seine Zeit«, erwiderte sie ebenso mürrisch.

»Nun gut«, lenkte der Arzt ein, der sich mit Dr. Michaelis vorgestellt hatte. »Der Tote wurde eindeutig mit einem Draht erdrosselt.« Er zeigte auf die blau unterlaufenen Einschnitte rund um den Hals. »Der Tod muss ungefähr zwischen dreiundzwanzig Uhr und ein Uhr morgens eingetreten sein. Genaueres …«

»Schon klar, Genaueres erst nach der Obduktion«, vervollständigte Lisa den Satz.

»So ist es.«

»Hat er sich gewehrt?«, mischte sich Lea ein.

»Nein, dafür gibt es keine Hinweise. Er hatte wohl keine Chance.«

»Dann wird der Täter eher männlich gewesen sein, nehme ich an«, vermutete Frank Rippberger.

»Davon ist auszugehen.« Dr. Michaelis, für den die Angelegenheit wohl erledigt war, griff nach seiner Arzttasche, verabschiedete sich mit einem knappen Nicken und verließ den Tatort.

Nachdenklich schaute Lisa den Kollegen der Spurensicherung zu, die ihre Utensilien zusammenräumten. Frank hatte sich inzwischen etwas umgehört und gesellte sich wieder zu Lisa.

»Mal schauen, was die so gefunden haben«, sagte sie zu ihm und deutete mit dem Kopf zu den Kollegen, die gerade ihre Utensilien in die Dienstwagen einräumten. »Natürlich müssen alle

Nachbarn befragt werden. Aber lass uns zuerst aufs Kommissariat fahren. Baumann hat mir eine Nachricht geschickt, er möchte zuerst eine Besprechung abhalten.«

...

Das Team hatte sich erneut im Besprechungsraum versammelt.

»Was gibt es vom Tatort zu berichten?« Peter Baumann kratzte sich am Kinn. Man sah ihm die Nervosität an. »Hauptkommissar Joshua Bähr aus Calw wird erst morgen hier erscheinen«, fuhr er fort. »Er bringt kein eigenes Team mit, da die Zusammenarbeit mit uns im letzten Jahr so gut geklappt hat. So hat sich Bähr ausgedrückt.« Lächelnd schaute Baumann bei diesen Worten Lisa an.

Sie rutschte unruhig auf ihrem Stuhl hin und her, nickte aber. Sie spürte regelrecht Leas Blick hinter sich und war sich sicher, dass die Freundin sich ein Grinsen nicht verkneifen konnte.

Lisa seufzte leise und begann zu berichten: »Viel gibt es noch nicht zu sagen. Wir müssen die Obduktion abwarten. Todeszeitpunkt war zwischen dreiundzwanzig Uhr und ein Uhr. Bei dem Toten handelt es sich um Heiko Schönfuss, vierzig Jahre, geschieden und alleinlebend. So wie es aussieht, wurde er mit einer Drahtschlinge erdrosselt. Es gibt auf den ersten Blick keine Anzeichen dafür, dass er sich gewehrt hat. Wahrscheinlich ist unser Täter ein Mann, der wenig Kraftanstrengung aufbieten musste, um die Tat zu begehen.«

»Wir müssen die Ergebnisse der Spurensicherung abwarten. Morgen früh um acht treffen wir uns wieder, dann mit dem gesamten Team der Soko. Wie soll sie übrigens heißen?« Fragend schaute Baumann in die Runde.

Fünf Polizeibeamte hatten sich außer Lisa, Lea und Frank Rippberger versammelt. Morgen würden noch mindestens zehn weitere dazukommen.

»Spinne«, antwortete Lisa wie aus der Pistole geschossen.

»Wie bitte?« Irritiert blickte Baumann sie an.

»›Spinne‹ soll die Soko heißen. Am Eingangsbereich des Tatorts hat mir eine dicke fette Spinne, die an ihrem Netz gearbeitet hat, ins Auge gestochen. Direkt an der Überdachung der Haustür.«

»Ach so. Okay, dann ist es jetzt die Soko ›Spinne‹«, stimmte Baumann kopfschüttelnd zu. »Ihr werdet selbstverständlich sofort mit den Ermittlungen beginnen. Die ersten Stunden sind, wie wir alle wissen, am wichtigsten. Durchleuchtet das gesamte Umfeld von Heiko Schönfuss, befragt die Nachbarn und die Bekannten, die ihr antrefft. Lisa, verteile die Aufgaben an die Anwesenden und schließe dich an, wo du es für richtig hältst. Lea und Frank, ihr befragt bitte die geschiedene Frau des Toten. Bis morgen werden dann hoffentlich die Ergebnisse der Spurensicherung da sein. Bis dahin bin ich erst einmal damit beschäftigt, mir vorerst die Presse vom Hals zu halten.«

Mit einem kurzen Nicken verließ Peter den Raum und Lisa gab Anweisungen an ihre Kollegen. Sie selbst entschloss sich, noch einmal allein zum Tatort zu fahren. Auf diese Weise konnte sie am besten nachdenken.

...

Sie hatte den Dienstwagen am Straßenrand geparkt und starrte nachdenklich auf das Haus, in dem Heiko Schönfuss gelebt hatte. Sie sah keinen Sinn darin, ihre Kollegen beim Befragen der Nachbarn zu begleiten. Sie hatte es sich angewöhnt, immer zuerst vor Ort alle Informationen sacken zu lassen und sich ein eigenes Bild zu machen. Das hatte sich in der Vergangenheit stets bewährt.

Sie wurde in ihren Gedanken unterbrochen, als sie bemerkte, dass sich eine Frau näherte, das Grundstück betrat und sich an der Haustür zu schaffen machte.

Lisa sprang aus dem Auto, überquerte die Straße und rief: »Was machen Sie denn da? Sehen Sie nicht, dass die Tür versiegelt ist? Das hier ist ein Tatort.«

Die Frau drehte sich herum und schaute Lisa verblüfft an. »Wer um alles in der Welt sind Sie?« Sie stemmte die Hände in die Hüften. »Das ist mein Haus, also, das von meinem Mann«, fuhr sie fort.

»Ich bin Lisa Breuer vom Kriminalkommissariat Pforzheim. Ich gehe davon aus, dass meine Kollgen Sie über den Tod Ihres ... Ex-Mannes – soviel ich weiß, sind Sie geschieden – informiert haben. Richtig?«

»Ja, das ist korrekt«, erwiderte die Frau leise, »Ich bin Elisabeth Schönfuss.« Sie wirkte jetzt fast kleinlaut.

»Genau. Dann ist das auch nicht Ihr Haus. Oder täusche ich mich? Wie auch immer, es ist hier ein Tatort und Sie dürfen da nicht einfach die Versiegelung entfernen und reinmarschieren.«

Lisa wusste nicht warum, aber diese Frau war ihr von Anfang an unsympathisch.

Elisabeth Schönfuss schüttelte empört ihre strähnigen langen Haare, die ungepflegt wirkten, so als ob sie dringend eine Wäsche benötigten.

»Ich möchte nur etwas holen, das mir gehört«, entgegnete sie, ohne auf Lisas Worte einzugehen.

»Und das wäre?«

»Muss ich darauf antworten?« Das klang jetzt eher aufsässig als kleinlaut.

»Nein, das müssen Sie tatsächlich nicht, aber Sie können da nicht rein.«

Inzwischen war Lisa mehr als genervt. »Und wenn Sie nicht bereit sind, mir ein paar Fragen zu beantworten, dann kommen Sie morgen früh um neun Uhr nach Pforzheim aufs Polizeikriminalkommissariat. Pünktlich«, fügte sie hinzu und drehte sich weg, um zurück zum Auto zu gehen.

»Halt, so warten Sie doch!«, rief Frau Schönfuss.

Sie hatte anscheinend ihre Meinung geändert und war nun bereit, Auskunft zu geben.

Überrascht machte Lisa kehrt. »Erzählen Sie mir doch etwas über Ihren geschiedenen Mann. Hatte er Feinde?«

»Mehr als genug«, kam die spontane Antwort.

»Geht es etwas genauer?«

»Nun, ich kenne die Leute, mit denen Heiko zu tun gehabt hat, nicht wirklich. Nur mit drei seiner Stammtischkollegen hatte ich früher mal Kontakt. Aber nur auf Geburtstagen und Partys.«

»Okay, und was ist mit den Feinden?«

»Wie kommen Sie darauf? Meinen Sie damit Freunde oder andere Personen? Ich weiß nur, dass er immer damit geprahlt hat, mit irgendwelchen dummen Menschen eine Menge Geld zu verdienen.«

»Und Sie haben keine Ahnung, was er damit gemeint haben könnte?« Nachdenklich kratzte Lisa sich an der Nase.

»Keine Ahnung. Aber ich muss dann jetzt mal weiter.«

»Zwei oder drei Fragen müssen Sie mir noch beantworten, wenn Sie morgen nicht aufs Revier kommen möchten«, sagte Lisa bestimmt.

»Na gut, was wollen Sie denn noch wissen?«

»Ich brauche die Namen der Stammtischfreunde.« Lisa griff in ihre hintere Hosentasche, in der sie immer einen kleinen Notizblock mit Bleistift mitführte.

»Frau Schönfuss zog die Stirn kraus, antwortete aber bereitwillig. »Andre Westinger, Michael Engelhard und Jochen Bezold. So, war's das jetzt?«

»Wenn Sie mir noch sagen, was Sie in dem Haus holen wollten, dann ja.«

»Ein Schmuckstück, das mir gehört.«

»Und warum befindet es sich im Haus Ihres geschiedenen Mannes, wenn es Ihnen gehört?«

»Weil ich … nun, weil ich noch nicht dazu gekommen bin, es zu holen«, druckste Elisabeth herum.

»Wie lange sind Sie geschieden?« Gespannt wartete Lisa die Antwort ab.

»Drei Jahre«, entgegnete ihr Gegenüber leise.

»Und da …«

»Heiko wollte es mir nicht geben«, unterbrach Frau Schönfuss sie.

»Dann nehme ich an, dass es wertvoll ist?«

»Ja.«

»Gut, das wird dann in Ruhe geklärt. Jetzt können Sie erst einmal gehen. Wenn ich noch Fragen habe, melde ich mich.« Lisa reichte der Frau ihre Visitenkarte. »Wenn Ihnen etwas einfällt, zögern Sie nicht, sich bei mir zu melden.«

Elisabeth Schönfuss nickte ergeben. Sie schien froh zu sein, fürs Erste in Ruhe gelassen zu werden.

Dienstagabend, 28 Juni

Klaus

»Ich werde einfach immer noch nicht schlau aus Lisa.« Ratlos schaute Klaus Kübler seinen Kollegen Maximilian Richter an.

Nachdem Max sein Töchterchen nach Hause gebracht hatte und die Kleine in ihrer Puppenecke spielte, hatten sie sich am Esstisch niedergelassen.

Klaus hatte seinem Kollegen, der ihm inzwischen zum Freund geworden war, ein Bier in die Hand gedrückt und sich selbst ebenfalls eine Flasche hingestellt.

Nun schüttete er Max sein Herz aus. Mit jemandem musste er darüber sprechen. Noch vor ein paar Monaten hätte er sich nicht träumen lassen, dass er dazu ausgerechnet Mias Vater auswählen würde, war er doch ziemlich eifersüchtig auf ihn gewesen. Dann hatte er aber bemerkt, dass Max es nur gut mit ihm meinte und ihm sogar geholfen hatte, seine Traumfrau für sich zu gewinnen. Außerdem war ihm recht schnell klargeworden, dass zwischen Lisa und Max außer Freundschaft keine anderen Gefühle eine Rolle spielten.

»Lass ihr Zeit«, meinte Max, während er sich an der Schläfe kratzte. »Du hast doch letztes Jahr mitbekommen, wie lange es gedauert hat, dass sie mich in ihr Leben gelassen hat und ich mich um Mia kümmern durfte. Lisa kann einfach nicht so schnell über ihren Schatten springen. Aber glaube mir, letztendlich siegt immer ihr Herz.«

Klaus seufzte tief. »Na, dann will ich dir mal glauben. Ich hoffe, sie sieht bald ein, dass es für uns, vor allem für Mia, bedeutend besser wäre, wenn wir richtig zusammenwohnen würden. So wie jetzt zum Beispiel. Sie muss länger arbeiten und ich kümmere mich um die Kleine. Das ist doch auf Dauer kein Zustand mit zwei kleinen Wohnungen.«

»Ja, du hast recht. Für mein Töchterchen wäre es schon schöner, wenn sie ein eigenes Zimmer hätte und ...« Max verstummte und legte den Finger an die Lippen.

Auch Klaus hörte, dass die Haustür aufgeschlossen wurde.

Schon bald betrat Lisa das Wohnzimmer und lächelte. »Wie idyllisch.«

Sie beugte sich zu ihrer Tochter und küsste sie auf die Wange.

Mia war so mit ihrem Puppenhaus beschäftigt,

dass sie nur kurz aufblickte und strahlte. »Muss das Baby ins Bett bringen«, waren ihre einzigen Worte und sogleich vertiefte sie sich wieder in ihr eigenes kleines Familienleben.

»Na, dann schau mal, dass die Kleine schläft«, ging Lisa auf das Spiel ein, bevor sie sich an den Tisch setzte.

Klaus sprang auf. »Möchtest du auch ein Bier oder lieber ein Glas Wein?«

»Nein, danke, aber ein Kaffee wäre gut.«

»Was? Um diese Zeit? Bist du sicher, dass du dann heute Nacht schlafen kannst?«

»Nein, bin ich nicht. Allerdings bin ich heute so geschafft, dass ich den Wachmacher jetzt brauche. Bist du bitte so lieb?«

»Okay, kommt sofort.« Klaus deutete eine kleine Verbeugung an und begab sich Richtung Kaffeemaschine.

Kurz darauf stellte er das duftende Getränk vor Lisa auf den Tisch.

»Und gibt es was Neues?«, fragte Max. »Ich habe von dem Toten in Remchingen gehört.«

»Nicht viel«, gab Lisa bereitwillig Auskunft, »wir stehen noch ganz am Anfang. Ist ja gerade erst passiert.« Sie nippte an ihrem Kaffee.

Klaus nickte und fragte interessiert: »Haben die ersten Befragungen etwas ergeben?«

»Von den Kollegen habe ich noch nichts gehört. Ich konnte vorhin durch Zufall mit der geschiedenen Frau des Opfers sprechen.«

»Durch Zufall?« Max hob die Augenbrauen.

»Ja, sie wollte in das versiegelte Haus ihres Ex-Mannes.«

»Echt?« Klaus war erstaunt und auch Max schüttelte ungläubig den Kopf.

»Ihr werdet es nicht glauben, sie wollte ein wertvolles Schmuckstück holen, das Herr Schönfuss ihr zuvor verwehrt hatte.«

»Na, wenn das kein Mordmotiv ist.« Klaus verdrehte die Augen.

»Das wäre mir jetzt doch zu einfach.« Lisa schmunzelte. »Aber lasst uns von was anderem reden. Ich habe Feierabend.«

»Okay, du hast recht. Irgendwann muss Schluss sein. Für mich ist es auch Zeit zu gehen.« Max erhob sich. »Ich hole Mia dann übermorgen wieder von der Kita ab. Okay?«

»Ja, morgen bin ich dran.« Lisa nickte zustimmend, wirkte aber abwesend.

So schnell kann sie halt doch nicht abschalten, dachte Klaus.

Max zwinkerte ihm zu und verließ die Wohnung, nachdem er Mia fest an sich gedrückt hatte.

»Hallo, Schatz, ich glaube, du bist noch nicht

wirklich im Feierabend angekommen. Kann das sein?« Klaus ergriff Lisas Hand.

»Entschuldige, ich verspreche mich zu bessern.« Sie brachte ein verkrampftes Lächeln zustande.

»Das verstehe ich ja«, lenkte Klaus ein, »aber meinst du nicht, dass alles einfacher wäre, wenn …«

Lisa sprang auf. »Bitte nicht heute schon wieder. Lass mich doch erst einmal in Ruhe den Fall aufklären.«

»Jetzt ist es dieser Fall und danach ist es der nächste Fall und so weiter«, murmelte Klaus, während er zum Sofa schlurfte und sich darauf niederließ. Er ärgerte sich über sich selbst, dass er nicht den Rat seines Freundes befolgt hatte, die Sache erst einmal ruhen zu lassen.

Er hörte, wie Lisa in der Küche hantierte. Die gleichmäßigen Geräusche ließen ihn einschlafen.

Mittwoch, 29. Juni

Lisa

Die Soko ›Spinne‹ hatte sich im Besprechungsraum versammelt. Peter Baumann setzte gerade zum Sprechen an, als der Calwer Kollege Joshua Bähr die Tür öffnete und eintrat.

Lisa hielt den Atem an. Wie würde die Zusammenarbeit mit ihm funktionieren? Auf der anderen Seite, beruhigte sie sich, hatten sie sich nach dem letzten Fall nett voneinander verabschiedet. Und außerdem war es nur eine einzige gemeinsame Nacht mit Joshua gewesen. Er hatte sich zwar nicht abgeneigt gezeigt, eine Beziehung mit ihr einzugehen, aber gelassen reagiert, als sie ihm gesagt hatte, dass das für sie nicht in Frage kam. Ihr war endlich klargeworden, dass sie Klaus liebte.

Erleichtert registrierte sie, dass Joshua sie anlächelte. Ein Stein fiel ihr vom Herzen und sie atmete auf.

Trotzdem war es ihr etwas unangenehm, dass er sich ausgerechnet auf den freien Stuhl neben ihr niederließ.

»Hi«, flüsterte er ihr zu.

Sie nickte kurz und lächelte gequält.

»Hallo, Herr Bähr«, begrüßte nun der Chef den Neuankömmling. Joshua hob die Hand zum Gruß.

»Wie ich erwähnt habe, wird Hauptkommissar Bähr dieses Mal ebenfalls im Mordfall in Remchingen ermitteln. Er verzichtet wieder auf sein eigenes Team und wird hier die Soko ›Spinne‹ leiten. Möchten Sie weitermachen?«

Fragend schaute Baumann Joshua an.

»Nein, fahren Sie ruhig fort, dann kann ich mich schon mal gedanklich mit dem Mordfall beschäftigen.«

»Gut, allerdings kann ich noch nicht allzu viel dazu sagen, daher bitte ich dich, Lisa, uns zu berichten, was du gestern noch erreichen konntest.«

Lisa erhob sich und stellte sich neben ihren Chef. So konnte sie Abstand zwischen sich und Joshua bringen, da er sie trotz der freundlichen Begrüßung nervös machte.

»Ich hatte gestern Abend noch eine interessante Begegnung mit der geschiedenen Frau des Toten. Sie wollte ein wertvolles Schmuckstück aus dem versiegelten Haus ihres Ex-Mannes holen. Nach anfänglichen Schwierigkeiten war sie bereit, mir ein paar Auskünfte zu geben.«

Lisa schmunzelte bei dem Gedanken, wie Frau Schönfuss plötzlich einem Gespräch zugestimmt hatte, nur um nicht aufs Präsidium kommen zu müssen.

»Unter anderem nannte sie mir die Namen von drei Stammtischfreunden ihres Mannes. Außerdem erzählte sie mir, dass ihr Mann einige Feinde hatte, warum auch immer. Das müssen wir noch herausfinden. Was habt ihr noch erfahren können?« Sie schaute in die Runde.

Ein junger Kollege, der gestern mit Lea unterwegs gewesen war, meldete sich zu Wort. »Die direkte Nachbarin, Frau Schneider, hat ausgesagt, dass seit einigen Monaten eine auffallend hübsche, rothaarige Frau fast täglich bei Heiko Schönfuss zu Besuch war. Sie wisse aber nicht, ob sie in Remchingen wohne, allerdings habe sie die Dame öfter beim Einkaufen gesehen.«

»Ich denke, dass wir da noch einmal hingehen und uns eine genauere Beschreibung der Rothaarigen geben lassen müssen«, meldete sich Lea zu Wort.

Lisa stimmte zu. »Hat sonst noch jemand etwas rausbekommen?«

Da niemand antwortete und einige der Anwesenden den Kopf schüttelten, begab sich Lisa wieder an ihren Platz und nickte Joshua Bähr zu. »Möchtest du vielleicht weitermachen?«

»Ja, mache ich.« Er stand auf, blieb aber hinter

seinem Stuhl stehen. Mit beiden Händen umfasste er die Lehne und schien nachzudenken. »Gut«, sagte er nach kurzem Schweigen. »Wie sind die Namen der Freunde des Opfers?« Er sah Lisa mit hochgezogenen Augenbrauen an.

Lisa zog ihr Notizbüchlein aus der Hosentasche. Nachdem sie die entsprechende Seite aufgeschlagen hatte, antwortete sie: »Andre Westinger, Michael Engelhard und Jochen Bezold.«

»Und wo wohnen die Herrschaften?«

»Der erste in Wilferdingen und die beiden anderen in Singen«, antwortete Frank Rippberger. »Ich habe das heute früh ausfindig gemacht.«

»Okay, dann werden jeweils zwei von euch die Personen befragen.« Er teilte die zehn Kollegen ein, indem er sie ansah und nach ihren Namen fragte. Dann wanderte sein Blick zu Lea.

»Du gehst mit Jörg Sebastian zu Jochen Bezold nach Singen. Und ich befrage noch mal die direkte Nachbarin des Ermordeten. Lisa wird mich begleiten.«

Sie zog die Augenbrauen hoch und seufzte leise.

...

»Frau Schneider, können Sie uns genauere Angaben zu der Frau geben, die des Öfteren bei Ihrem Nachbarn zu Besuch war?«, fragte Lisa. Sie saßen in der Küche an einem kleinen Tisch.

»Tut mir leid, dass wir hier sitzen müssen, aber ich kann meinen Kochtopf auf dem Herd nicht ohne Beobachtung lassen«, sagte Frau Schneider.

»Das ist okay.« Lisa lächelte sie an. »Was wissen Sie über diese Besucherin?«

»Nun, da gibt es eigentlich nicht viel zu sagen, ich kenne die Frau nicht. Wie ich schon Ihren Kollegen erzählt habe, hat sie eine wunderschöne lange, rothaarige Lockenmähne. Sie ist groß, sehr attraktiv und hat eine Traumfigur.«

»Wann haben Sie die Frau zuletzt bei Herrn Schönfuss gesehen?«, wandte sich Joshua an Frau Schneider.

»Huch, mein Gemüseeintopf brennt an.« Sie sprang von ihrem Stuhl auf und eilte zum Herd.

Joshua zog die Nase kraus, seufzte, und Lisa konnte sich ein Grinsen nicht verkneifen. Inzwischen hatte sich der Geruch des Angebrannten in der Küche verteilt.

Lisa hatte Mitleid mit der Frau. »Das tut mir leid«, meinte sie, als die Hausherrin niedergeschlagen an den Tisch zurückkehrte. »Aber Sie werden verstehen, dass wir in unseren Ermittlungen weiterkommen müssen. Schließlich geht es um ein Tötungsdelikt.«

»Ja, aber ich kann Ihnen da wirklich nicht viel sagen. Zuletzt habe ich sie vor ein paar Tagen gesehen, als sie das Haus von Herrn Schönfuss am späten Abend verlassen hat. Ich weiß nicht genau, wann das war. Aber sie hatte es eilig. Rannte fast so, als wäre der Teufel hinter ihr her.«

»Interessant.« Joshua lehnte sich vor.

Lisa horchte ebenfalls auf. »Und Sie können sich wirklich nicht erinnern, um welche Uhrzeit das war?«, fragte sie noch einmal nach.

»Doch, das kann ich in der Tat, denn ich gehe immer um 23 Uhr ins Bett und das war kurz davor. Ich weiß nur nicht mehr genau, an welchem Tag das war.«

»Gut, das war es dann fürs Erste.« Joshua erhob sich und auch Lisa stand auf.

»Und noch mal sorry, dass wir Ihr Mittagessen ruiniert haben«, sagte sie, bevor sie das Haus verließen.

Frau Schneider nickte und zuckte resigniert mit den Schultern.

Mittwoch, 29. Juni

Frank Rippberger

In der Zwischenzeit waren Frank Rippberger und sein Kollege Paul Gerstinger zu Andre Westinger, den Stammtischfreund des Toten, gefahren. Dieser wohnte in Wilferdingen in einer kleinen Wohnung und wollte die Polizeibeamten zunächst nicht hereinlassen.

Erst als Frank darauf hinwies, dass er einige Fragen beantworten oder ihnen aufs Polizeirevier folgen müsse, war er bereit dazu.

Sie gingen ins Wohnzimmer, und Frank wurde schlagartig klar, warum Westinger ihr Besuch unangenehm war. Überall lagen Kleidungsstücke, leere Pizzaschachteln und Bierflaschen herum. Westinger selbst sah aus, als habe er die Nacht durchgefeiert. Platz konnte er ihnen nicht anbieten, da Couch und Sessel ebenfalls mit irgendwelchen Gegenständen belagert waren.

»Äh, ich hatte gestern eine Party«, äußerte er sich, als er die konsternierten Gesichter der Polizeibeamten bemerkte.

Frank fasste sich schnell, schließlich war es kein Verbrechen, ein Fest zu feiern, auch wenn er die Aussage, dass es sich bei dem Zustand der

Wohnung nur um eine Ausnahme handele, dem Mann nicht so ganz abnahm.

»Kein Problem, deswegen sind wir nicht hier, sondern …«

»Ah, ich dachte schon, die Nachbarn haben sich beschwert«, unterbrach Westinger ihn und grinste.

»Nein, darum geht es nicht«, erwiderte Frank, ohne eine Miene zu verziehen. »Wir möchten wissen, wie gut Sie Heiko Schönfuss kannten und was Sie uns über ihn sagen können.«

Andre Westinger strich sich mit der Hand über die Augen. Er sah müde aus. »Hm, was möchten Sie denn wissen? Ich habe ihn ab und zu beim Stammtisch getroffen. Wir kennen uns aus der Schulzeit. Eine Zeitlang waren wir alle zusammen Billard spielen und irgendwann hatten wir dazu keine Lust mehr und seitdem treffen wir uns freitags auf ein Bier.«

»Und wer ist wir?«, mischte sich Gerstinger ein und zog sein Notizbuch aus der Hosentasche.

»Nun, das sind nicht viele. Es sind nicht immer alle da.«

»Nennen Sie uns bitte die Namen«, forderte Frank ihn auf.

»Meistens sind wir nur zu viert gewesen. Also außer mir waren da Heiko, Michael und Jochen.«

»Michael Engelhard und Jochen Bezold?«

»Ja, genau. Ab und zu kamen dann noch Timo Schneiderhan und Kevin Müller dazu.«

»Haben Sie die genauen Adressen der beiden?«

»Nee, aber die wohnen auch hier irgendwo in Remchingen, außer Kevin, der wohnt jetzt in Karlsruhe.«

»Okay. Dann erzählen Sie uns doch etwas über Heiko Schönfuss.«

Westinger senkte den Kopf. »Ich weiß, dass er tot ist, das hat sich herumgesprochen. Wir waren jetzt nicht so wirklich befreundet. Im Gegenteil, ich mochte seine Art nicht besonders. Aber natürlich tut es mir trotzdem leid, was ihm passiert ist«, beeilte er sich zu sagen. »Also, ehrlich gesagt …« Er wurde vom Klingeln seines Handys unterbrochen, zog es aus der Hosentasche und nahm das Gespräch an. »Ja, alles klar, mach ich«, sagte er, nachdem er eine Weile zugehört hatte.

Er drückte auf die rote Taste, steckte das Gerät wieder ein und wandte sich den Beamten zu.

»Ich müsste dann mal weg.«

»Das können Sie gleich, aber zuerst würden wir gerne noch etwas über Herrn Schönfuss wissen«, entgegnete Frank, der jetzt wirklich genervt war.

»Hm, da gibt es eigentlich nichts zu sagen, außer dass er eine ziemlich scharfe Braut hatte.«

»Das ist doch schon mal was. Kennen Sie ihren Namen?«

»Keine Ahnung.«

»Jetzt lassen Sie sich doch nicht alles aus der
Nase ziehen. Wie sah sie denn aus?«

»Blitzende grüne Augen, lange rote Haare, eine Wahnsinnsfigur und, na ja, mehr fällt mir jetzt
nicht ein. Ich habe sie nur einmal gesehen. Ich
glaube, die ist verheiratet, deshalb hat Heiko sie
auch nicht so vorgeführt.« Inzwischen hatte Westinger sich seine schwarze Lederjacke gegriffen
und schlenderte Richtung Haustür.

Frank nickte seinem Kollegen zu und folgte
ihm widerwillig, weil ihm klar war, dass sie da
heute nicht mehr weiterkamen.

Mittwoch, 29. Juni

Lea Sonntag

Lea und Jörg Sebastian klingelten bei Jochen Bezold. Nach dem zweiten Mal öffnete dieser die Tür und sah sie stirnrunzelnd an. »Ich kaufe nichts«, brummte er unwillig.

»Das brauchen Sie auch nicht«, entgegnete Lea und hielt ihm ihren Ausweis entgegen. »Lea Sonntag, wir sind von der Kriminalpolizei Pforzheim.«

»Jörg Sebastian«, stellte sich ihr Kollege vor.

Täuschte sich Lea oder wurde Bezold einige Nuancen blasser?

»Dürfen wir bitte eintreten? Wir haben ein paar Fragen.«

Der Hausherr wich keinen Millimeter. »Dürfen Sie das so ohne Durchsuchungsbeschluss?«

»Eintreten nicht, aber Fragen stellen schon«, erklärte Jörg. »Wir können Sie aber auch auffordern, mit aufs Revier zu kommen.«

»Nun gut.« Endlich trat Bezold zur Seite und lotste die Beamten geradeaus ins Wohnzimmer.

Lea sah sich um und bemerkte, dass eine Holzeisenbahn einen großen Teil des Raumes einnahm. »Sie haben Kinder?«, fragte sie.

»Ja, aber im Moment sind die beiden mit ihrer Mutter unterwegs.« Ungeduldig schaute er Lea an. »Sie sind aber sicherlich nicht gekommen, um mich nach meinen Kindern zu fragen. Was kann ich für Sie tun?«

»Wie gut kannten Sie Heiko Schönfuss?«

Jochen Bezold schluckte, dann antwortete er zögernd: »Warum möchten Sie das wissen?«

»Weil er tot ist. Wussten Sie das nicht?«

Nun schien die restliche Farbe aus seinem Gesicht zu weichen. »Tot? Nein, davon habe ich nichts mitbekommen. Um Himmels willen, was ist passiert?«

»Er ist ermordet worden«, sagte Jörg Sebastian.

Für einen Moment herrschte Stille im Raum. Lea wartete gespannt auf Bezolds Reaktion.

»Er…, ermordet«, stotterte er und ließ sich auf den nächstbesten Stuhl fallen. »Das kann doch nicht sein.«

»Können Sie uns irgendetwas über Herrn Schönfuss erzählen?« Lea wollte endlich etwas hören, das sie weiterbringen würde.

Schließlich räusperte Bezold sich. »Ja, aber es war nur eine lockere Freundschaft. Außer dem Stammtisch hatten wir nicht wirklich etwas miteinander zu tun.«

»Hatte er Feinde?«

»Keine Ahnung, ich glaube nicht.«

»Dann geben Sie uns die Namen der anderen Stammtischfreunde.«

Bezold erhob sich. »Soll ich die aufschreiben?«

»Ja, bitte.«

Bezold schnappte sich einen Notizblock, der auf dem in der Nähe stehenden Sideboard lag und notierte im Stehen das Gewünschte. Er hielt inne und schaute auf. »Also, die genauen Adressen kenne ich nicht, aber bis auf Kevin wohnen sie alle in Remchingen. Dann war da noch eine Frau, die Heiko einmal im Löwen abgeholt hat. Aber ich kenne die nicht und habe sie zuvor nie gesehen. Ich erinnere mich nur daran, weil sie wunderschön war.« Er reichte Lea den abgerissenen Zettel.

»Können Sie die Frau beschreiben?«, wollte Jörg wissen.

»Ja, klar. Sie war groß, schlank und hatte eine lange, kupferrote Lockenpracht.«

»Was meinst du zu Jochen Bezold?« Jörg, der am Steuer des Dienstwagens saß, blickte Lea nachdenklich an. Sie steckten mal wieder kurz vor der Ersinger Kreuzung auf der B 10 fest, da durch einen Unfall auf der Autobahn ein Stau entstanden war.

»Hm, ich weiß nicht so recht. So ganz schlau werde ich aus dem Mann nicht. Zuerst war er ziemlich verschlossen, geradezu erschrocken kam er mir vor, als er hörte, dass wir von der Kriminalpolizei sind. Er ist ziemlich blass geworden. Später war er dann doch relativ mitteilsam. Aber nachdem er von Schönfuss' Tod erfahren hat, war er sichtlich geschockt.«

»Dann hat er wahrscheinlich wirklich nichts davon gewusst.«

»Da bin ich mir nicht so ganz sicher. Normalerweise kann ich mich auf meine Intuition verlassen, aber bei ihm weiß ich nicht, was ich denken soll.«

»Mal schauen, was die Kollegen erfahren haben. Sie können auch nicht viel früher auf dem Kommissariat ankommen als wir, denn der Stau besteht schon eine Weile.«

»Ach, ich finde es jetzt gar nicht so schlimm, dass die Besprechung noch ein bisschen warten muss.«

Lea lächelte, betätigte den Hebel, der die Lehne des Autositzes in Liegeposition brachte, und schloss die Augen.

Larissa

Larissa öffnete die Wohnungstür und stutzte, weil das Licht brannte.

»Hey, Ben, bist du zu Hause? Ich dachte, du bist zwei Wochen lang geschäftlich im Ausland.«

Ihr Mann kam in die Diele und grinste. »Überraschung, meine Arbeit war früher beendet.«

Larissa strahlte und fiel ihm um den Hals. Sie hatte ihre Affären und war nicht die perfekte Ehefrau, das war ihr klar, aber sie liebte Ben über alles. Sie konnte stundenlang mit ihm reden, was wahrscheinlich daran lag, dass sie sich durch seinen Beruf als Software-Entwickler, der ihn ständig auf Reisen schickte, selten sahen. Nur von ihren Liebhabern erzählte sie ihm nichts.

Manchmal fragte sie sich, ob er etwas ahnte. Und immer wieder nahm sie sich vor, mit ihren Affären aufzuhören und Ben die Ehefrau zu sein, die er verdiente. Aber es blieb bei dem guten Vorsatz, sie schaffte es einfach nicht. Außerdem würde sie ja sowieso bald in die Römerzeit zu Anne verschwinden.

Ben versuchte, sie zu küssen. Dabei schaute er verstohlen zur Schlafzimmertür, wie Larissa bemerkte. Normalerweise war sie diejenige, die den Anfang machte, aber dieses Mal drehte sie den Kopf zu Seite und wand sich aus seiner Umarmung.

»Komm, lass uns aufs Sofa gehen, ein bisschen schmusen und reden.« Bittend sah sie ihn an.

»Okay.« Ben lächelte, legte den Arm um sie und sie ließen sich nieder.

»Wo brennt's denn?«

»Nirgends, wie kommst du darauf?«

»Na, irgendwas muss dich doch beschäftigen, wenn du keinen Sex möchtest«, meinte er nachdenklich.

»Blödsinn.« Sie hielt inne, überlegte. Es machte keinen Sinn, wenn sie sich nicht öffnete. Er hatte ja recht.

»Larissa?« Ben strich ihr über die Wange.

Sie seufzte. »Ja, es ist so. Anne wartet auf mich und …«

»Ach komm, Schatz, das ist jetzt kein Spaß mehr. Du brauchst Hilfe.«

»Nein.« Sie sprang auf, ballte die Fäuste und blickte Ben aus zusammengekniffenen Augen an.

»Beruhige dich.« Er zog sie wieder zu sich auf die Couch.

Sie ließ es zu und ein paar Tränen liefen ihr

über die Wangen. Zärtlich wischte ihr Mann sie mit der Hand weg.

»Du weißt, dass du schon einmal in so einem Zustand warst und es dann immer schlimmer wurde, bis du in der Klinik gelandet bist.«

»Das war doch was anderes. Damals wusste ich nicht, wie ich in die Römerzeit kommen kann, aber jetzt weiß ich es.«

Ben riss die Augen auf und starrte sie an. »Du warst es?«

»Was meinst du?«

»Du hast den Römerkopf geklaut.«

Sie nickte und es flossen noch mehr Tränen. »Ich habe damals nicht auf meine Schwester aufgepasst, nur deshalb ist sie jetzt tot. Ich bin schuld. Das werde ich mir nie verzeihen.«

Ben umfasste sie fest mit beiden Armen und wiegte sie wie ein kleines Kind hin und her.

»Du bist nicht schuld, du warst damals neun. Du konntest nicht wissen, dass Anne auf die Straße rennt.«

»Doch, das hätte ich erkennen müssen«, entgegnete sie energisch, wischte sich die Tränen weg, erhob sich und eilte aus dem Wohnzimmer.

Donnerstag, 30. Juni

Lisa

Das Team der Soko ›Spinne‹ hatte sich wieder vollständig im Besprechungsraum versammelt. Joshua Bähr war ebenfalls anwesend. Die Beamten hatten über ihre Befragungen berichtet, jetzt ergriff Joshua das Wort.

»Wir müssen diese rothaarige Wunderfrau finden. Vielleicht ist sie der Schlüssel zu allem oder bringt uns wenigstens ein Stück weiter. Mir geht das alles zu langsam. Wie ihr wisst, sind die ersten Stunden oder Tage entscheidend, bevor sich alle Hinweise in Luft auflösen. Uns läuft die Zeit davon.«

»Was für eine Wunderfrau?«, wollte eine Polizeibeamtin wissen.

Joshua kratzte sich am Kinn. »Alle drei Befragten haben sie erwähnt und erklärt, dass sie wunderschön sei. Deshalb die Bezeichnung.«

»Die Frage ist nur, wie finden wir sie? Niemand scheint zu wissen, wo die Dame wohnt«, meinte Lisa.

Peter Baumann hatte bis jetzt nur zugehört, mischte sich nun aber ein.

»Es kann doch nicht so schwer sein, eine Frau,

die anscheinend wie ein Model aussieht, in einem Ort mit 12.000 Einwohnern zu finden. Wie ich verstanden habe, ist sich zumindest ein Teil der befragten Personen sicher, dass sie in Remchingen wohnt. Deshalb schlage ich vor, dass ihr alle, und ich meine wirklich alle«, er schaute rundum die fünfzehn Anwesenden an, »Einwohner der vier Ortsteile, die zu Remchingen gehören, befragt.«

Ein Raunen erklang. Vereinzelt hörte man genervtes Stöhnen. Lisa war sich bewusst, wie viel Zeit das in Anspruch nehmen würde. Das musste jedem im Raum klar sein.

»Ach ja«, fuhr Baumann fort, »wir haben Neuigkeiten von der KTU. Der Tote muss sich doch gewehrt haben, denn die Kollegen haben Hautschuppen unter seinen Fingernägeln gefunden. Wenn es also Verdächtige gibt, werde ich als Erstes einen Beschluss vom Staatsanwalt für DNA-Speichelproben anfordern.«

»Wenn es denn endlich welche gibt, Verdächtige meine ich«, murmelte Lisa vor sich hin.

...

Lisa hielt sich an ihren guten Vorsatz und machte ausnahmsweise pünktlich Feierabend. Sie war dran, ihr Töchterlein von der Kita abzuholen. In den letzten Tagen hatte das nicht nur Mias Vater, sondern auch Klaus übernommen. Sie war erschöpft und freute sich auf ein paar gemütliche Stunden mit der Kleinen und ihrem Lebensgefährten.

Lisa hörte fasziniert dem Geplapper ihrer Tochter zu und öffnete die Wohnungstür. Der Geruch von frisch gebrühtem Kaffee hing in der Luft. Das war ungewöhnlich. War Klaus etwa schon da?

Als ihr bewusst wurde, dass es außerdem nach gebackenem Kuchen duftete, verstand sie die Welt nicht mehr. Dann hörte sie Mia, die ins Wohnzimmer gerannt war, und erstarrte.

»Omi, du bist da. Das ist toll«, rief die Kleine.

Das darf doch nicht wahr sein, schoss es Lisa durch den Kopf. Sie hatte zwar inzwischen ein recht gutes Verhältnis mit ihrer Mutter, aber solche Überraschungen konnte sie nicht gebrauchen. Schließlich wohnte Amelie, wie sie sie immer nannte, in Berlin und nicht gerade um die Ecke. Da konnte sie doch nicht so einfach unangemeldet hier ankommen. Als Lisa ihre Mutter letztes Jahr nach deren Hüftoperation besucht hatte, waren beide gut miteinander ausgekommen, was auch an der kleinen Mia gelegen hatte. Aber heute wollte Lisa nur ihre Ruhe haben und früh ins Bett gehen. Und überhaupt, wo sollte Amelie denn wohnen?

Als Lisa das Wohnzimmer betrat, schaute sie fassungslos auf das Bild, das sich ihr bot. Nicht nur ihre Mutter, sondern auch Klaus und Max saßen am Esstisch. In der Mitte des Tisches war ein Marmorkuchen platziert, und die drei schienen sich köstlich beim Kaffeetrinken zu amüsieren.

Lisa fehlten die Worte.

Amelie sprang auf, eilte auf sie zu und drückte sie fest an sich. »Na, ist die Überraschung gelungen? Freust du dich?«

Lisa schluckte. Sie war bemüht, sich zu beherrschen, denn sie wollte nicht gleich für schlechte Stimmung sorgen. Vielleicht gab es ja eine einfache Erklärung. Langsam zählte sie im Stillen bis zehn und befreite sich aus der Umarmung. »Allerdings ist die Überraschung gelungen. Was um alles in der Welt machst du hier?«

»Na, das hört sich ja nicht so erfreut an.«

Amelie schürzte die Lippen und wandte sich ihrer Enkelin zu. Nachdem sie sich wieder hingesetzt und Mia auf den Schoß genommen hatte, fuhr sie fort: »Ich bin heute Mittag angekommen, und Klaus war so nett, mich in deine Wohnung zu lassen. Dafür habe ich ihn und Max dann zum Kaffee eingeladen.«

Immer noch verständnislos blickte Lisa sie an. »Aber du bist jetzt nicht extra zum Kaffeetrinken aus Berlin hierhergekommen. Oder?«

Amelie lachte schallend. »Natürlich nicht. Ich bleibe ein paar Wochen hier. Da kann ich mich in Ruhe um meine Enkeltochter kümmern. Wie ich gehört habe, steckst du mitten in einem Fall. Da hast du doch nicht viel Zeit und …«

Lisa meinte, den Boden unter den Füßen zu verlieren. Sie hatte nie ein enges Verhältnis mit ihrer Mutter gehabt, auch wenn sie sich seit letztem Sommer recht gut verstanden. Aber jeden Tag zusammen sein, das würde ein Albtraum werden.

»Ein paar Wochen hast du gesagt? Wo wirst du denn wohnen?«

Amelie starrte sie an, schüttelte dann den Kopf. »Na, hier bei dir natürlich. Wo denn sonst?«

Die beiden Männer hatten schweigend das Gespräch verfolgt. Klaus stand das schlechte Gewissen ins Gesicht geschrieben.

Lisa nickte ihm unmerklich zu und ließ sich kraftlos auf den Stuhl neben ihn sinken. Ihr war bewusst, dass er nichts für die Situation konnte, er hätte ihre Mutter ja schlecht auf der Straße stehen lassen können.

Max erhob sich. »Ich lasse euch mal allein.« Er wandte sich an Amelie. »Vielen Dank für den wunderbaren Kuchen.« Mit einem Grinsen verließ er den Raum.

Lisa spürte, wie in ihr die Wut hochkroch und stöhnte auf. Max konnte auch nichts dafür, aber musste er so blöde grinsen?

»Wie stellst du dir das in einer kleinen Zweizimmerwohnung vor, Amelie?« Fragend sah sie ihre Mutter an.

»Nun, das ist schon alles mit Klaus geklärt. Schließlich hat er auch eine Wohnung.«

Nun verschlug es ihr endgültig die Sprache.

Freitag, 1. Juli

Joshua Bähr

»Was gibt es Neues? Haben eure gestrigen Ermittlungen in Remchingen was ergeben?«

Joshua schaute in die Runde.

Bis auf einen Polizeibeamten schüttelten alle
den Kopf.

»Du hast was rausbekommen?«, wandte sich
Joshua dem jungen Mann zu.

»Eine Nachbarin von Familie Schlegel hat diese rothaarige Frau zusammen mit Alexander
Schlegel gesehen. Die Beschreibung passt absolut
auf unsere Unbekannte.«

Joshua sah dem Oberkommissar, der breit
grinste, die Freude über seinen Erfolg an.

»Alexander Schlegel?« Peter Baumann musterte den Beamten erstaunt. »Das ist doch der
Mann, der bei der Führung im Römermuseum
einen anaphylaktischen Schock hatte. Und jetzt
taucht der im Zusammenhang mit dieser Geschichte auf? Das ist ja seltsam.«

Lisa nickte zustimmend. »Da sollten wir dran-
bleiben. Vor allem, weil es im Moment unsere
einzige Spur ist.«

»So sehe ich das auch«, meldete sich Joshua

wieder zu Wort. »Wir müssen uns das Ehepaar vornehmen. Lisa, finde heraus, ob die zu Hause sind. Wenn ja, fahren wir direkt dorthin.«

»Okay, mach ich.« Sie erhob sich und verließ den Raum.

»Alles Weitere entscheiden wir, wenn ihr mit den beiden gesprochen habt.« Baumann schob ein paar Blätter auf dem Tisch zusammen.

Joshua nickte. »Ich hoffe, dass wir die rothaarige Frau ausfindig machen können, nachdem wir mit den Schlegels geredet haben. Vielleicht wissen die, wo sie wohnt, und wir können schauen, ob sie zu Hause ist. Im günstigsten Fall kann uns jemand sagen, wo sie arbeitet, dann fahren wir direkt dorthin.«

Lisa, die inzwischen wieder da war, seufzte.

»Wir brauchen endlich Ergebnisse«, hörte Joshua sie zu Lea sagen.

»Aber vielleicht kommen wir ja jetzt weiter«, meinte die und nickte aufmunternd.

Die Soko ›Spinne‹ verließ den Raum.

»Komm, Lisa«, sagte Joshua, »wir fahren nach Remchingen.«

»Ich habe bei den Schlegels angerufen und erfahren, dass Alexander Schlegel zwar in seiner Firma, aber seine Frau daheim anzutreffen ist«, erklärte Lisa. »Wenn wir dort nicht weiterkommen, lassen wir uns die Adresse von dem Geschäft ihres Mannes geben.«

Freitag, 1. Juli

Martina Schlegel

Martina Schlegel ging unruhig im Wohnzimmer auf und ab. Am liebsten hätte sie sich mal so richtig betrunken, um alles vergessen zu können. Aber da sie schwanger war, kam das nicht in Frage. Sie traute ihrem Mann nicht mehr. Hatte er wirklich das Verhältnis mit dieser Schlampe beendet?

Wut kroch in ihr empor. Am besten wäre es, Larissa zu beseitigen, dann hätte sie endlich ihre Ruhe. Was für ein Unsinn, schalt sie sich und schüttelte den Kopf.

»Ich sollte weniger Krimis lesen«, murmelte sie und begab sich in die Küche, um das Mittagessen zuzubereiten. Alexander hatte versprochen, heute ausnahmsweise nach Hause zu kommen.

Unschlüssig blieb sie vor dem Herd stehen. Was sollte sie bloß kochen?

Das schrille Klingeln an der Haustür riss sie aus den Gedanken. Wer um alles in der Welt mochte das sein? Die Kripo? Aber die hatten ihr nicht mitgeteilt, dass sie kommen wollten. Oder vielleicht doch? Sie hatten ja vorhin angerufen.

Als sie die Tür öffnete, starrte sie ratlos die

Frau und den Mann an. »Äh was ...« Sie musste sich zusammenreißen. »Was wollen Sie?«

»Wir sind von der Kriminalpolizei Pforzheim und haben ein paar Fragen an Sie. Hauptkommissarin Lisa Breuer und das ist mein Kollege Herr Bähr.«

Die beiden hielten ihr die Ausweise vors Gesicht.

Bevor sie sich von ihrer Verblüffung erholt hatte und in der Lage war, etwas zu erwidern, fragte die Beamtin: »Dürfen wir reinkommen? Es dauert auch nicht lange«, fügte sie hinzu, als Martina nicht reagierte.

»Ach so, ja, natürlich.« Sie machte einen Schritt zur Seite und deutete in Richtung Wohnzimmer. »Geradeaus, gehen Sie bitte voraus, ich komme gleich.«

Martina eilte in die Gästetoilette und schaute in den Spiegel. Sie war sich nicht sicher, ob sie den Polizeibeamten so gegenübertreten wollte. Vor lauter Grübeln hatte sie sich heute Morgen nicht lange im Bad aufgehalten. Nach dem Duschen war sie sich kurz mit dem Handtuch über ihren Fransenschnitt gefahren, hatte sich abgetrocknet und nicht weiter gestylt.

Nun ja, dachte sie, da gibt es nicht viel zu retten. Sie fuhr sich mit den Händen durch die Haare und wischte sich mit Wasser die Augen aus, da in den letzten Stunden einige Tränen geflossen waren. Dann ging sie mit schnellen Schritten zu den Beamten. Was die wohl hier wollten?

»Nehmen Sie doch Platz.« Zielstrebig setzte sie sich auf das kurze Teil der Sitzgruppe und deutete auf zwei Sessel, die der Couch gegenüberstanden. »Wie kann ich Ihnen helfen?«

Die Hauptkommissarin räusperte sich. »Sie haben sicher gehört, dass Heiko Schönfuss getötet wurde?«

»Ja, das ist schrecklich – aber was hat das mit mir zu tun?« Erstaunt schaute Martina zuerst Lisa Breuer und dann deren Kollegen an.

Unbehaglich rutschte sie auf der Couch hin und her. Sie hatte bemerkt, dass vor allem dieser Bähr sie erwartungsvoll musterte. Sie schluckte und sagte sich, dass sie schließlich nichts verbrochen hatte.

»Mit Ihnen hat das wahrscheinlich nichts zu tun«, fuhr Frau Breuer fort. »Wir möchten nur wissen, ob Sie eine rothaarige, gutaussehende Frau kennen.«

Vor Martinas Augen begann alles zu verschwimmen, ihr wurde regelrecht übel.

Was sollte das jetzt? Sie war nicht in der Lage zu antworten.

»Ist Ihnen nicht gut? Sie sind ja ganz blass. Soll ich Ihnen ein Glas Wasser holen?« Die Stimme des Hauptkommissars klang dumpf.

»Nein, es geht schon wieder«, entgegnete Martina. Langsam schärften sich die Konturen wieder. »Ich bin schwanger und mein Kreislauf ist heute nicht so stabil.«

Die Wut, die sie vorhin auf Larissa gespürt hatte, kehrte mit voller Wucht zurück. Würde sie denn nie Ruhe vor ihr bekommen? Ihr war gleich klar gewesen, um wen es sich handelte.

»Wie kommen Sie darauf, dass ich die Frau kenne?«, fragte sie zurückhaltend und senkte den Kopf.

»Sie wurde zusammen mit Ihrem Mann gesehen. Bisher haben wir erfolglos versucht, sie zu finden. Das ist unsere einzige Spur und wir hoffen, Sie können uns weiterhelfen.«

Martina spürte den prüfenden Blick der Beamtin auf sich. Sie platzte beinahe vor Wut.

Entschlossen hob sie ihren Kopf und blickte die Hauptkommissarin direkt an.

»Oh, ja, ich kenne diese Frau. Hat sie was angestellt? Am besten, Sie sperren die für immer weg.«

Und schon füllten sich ihre Augen wieder mit Tränen.

Die beiden Beamten starrten sie an und schwiegen. Schließlich erhob sich die Hauptkommissarin, setzte sich neben Martina aufs Sofa und legte ihr die Hand auf die Schulter. »Beruhigen Sie sich und dann erzählen Sie uns, was es mit der Frau auf sich hat und wo wir sie finden können. Okay?«

Martina nickte und wischte sich mit dem Handrücken über die Augen. »Entschuldigen Sie, ich bin durch die Schwangerschaft nah am Wasser gebaut.«

»Kein Problem, das verstehe ich.« Lisa Breuer nickte ihr verständnisvoll zu.

Martina war hin- und hergerissen. Auf der einen Seite würde sie sich gerne alles von der Seele reden, aber da sie die beiden Besucher gar nicht kannte, entschied sie sich dagegen. Vielleicht war das die Gelegenheit, der Schlampe endlich mal eines auszuwischen. Sie holte tief Luft.

»Nun, ich kann Ihnen gerne sagen wo Larissa wohnt …«

»Larissa?«, fragten die Kommissare wie aus einem Munde.

»Ja, Larissa Augenstein. Sie wohnt in der Wiesenstraße 102. Und wenn Sie es genau wissen wollen, ich denke, dass sie diesen Kopf aus dem Römermuseum gestohlen hat.«

Trotzig presste Martina die Lippen aufeinander. Kurzfristig schien es den Polizeibeamten erneut die Sprache verschlagen zu haben.

Bähr fasste sich zuerst. »Wie kommen Sie denn darauf? Und wieso haben Sie uns das nicht schon längst gemeldet?«

»Nun, ehrlich gesagt, ist mir der Gedanke gerade erst gekommen. Weil …, ja, weil Sie nun da sind und ich darüber nachgedacht habe, was Larissa verbrochen haben könnte.«

Das klang einleuchtend, fand sie.

»Sind Sie befreundet? Und wie kommen Sie darauf?«, wiederholte die Hauptkommissarin die Frage ihres Kollegen.

»Befreundet ist nicht das richtige Wort.« Martina zögerte. »Unsere Männer kennen sich schon lange aus der Schulzeit. Vor ein paar Wochen waren wir zusammen auf der Führung der Zeitenwende im Römermuseum. Da hat sich Larissa sehr seltsam verhalten. Sie stand wie festgewurzelt vor dem Schaukasten mit den Römerköpfen. Danach konnte man nichts mehr mit ihr anfangen. Sie ist dann nach Hause gegangen, die Führung hat sie plötzlich nicht mehr interessiert. Was mich damals aber nicht gewundert hat, da sie die schon mehrfach gesehen hat. Schon oft habe ich mich gefragt, was sie daran findet. Sie war regelrecht besessen. Als ich dann von dem Diebstahl gehört habe, dachte ich schon kurz daran, dass Larissa das gewesen sein könnte. Allerdings hatte ich selbst genug Probleme, um mich weiterhin damit zu befassen.«

Die Beamten gaben sich anscheinend mit dem Gehörten zufrieden und erhoben sich.

Martina atmete innerlich auf.

»Gut, ich denke, Sie haben uns sehr geholfen. Wenn Ihnen noch irgendwas einfällt, selbst, wenn es Ihnen noch so unwichtig erscheint, melden Sie sich bitte bei uns.« Lisa Breuer legte ihre Visitenkarte auf den Glastisch. »Vielen Dank. Jetzt ruhen Sie sich erst einmal aus. Es könnte sein, dass wir in den nächsten Tagen noch mal auf Sie zukommen. Eventuell müssen wir auch mit Ihrem Mann sprechen.«

Sie strich Martina über den Arm, schien Mitleid mit ihr zu haben und folgte dann ihrem Kollegen, der schon die Eingangstür geöffnet hatte.

Martina konnte sich ein triumphierendes Lächeln nicht verkneifen.

Freitag, 1. Juli

Lisa

Als Lisa und Joshua im Dienstwagen saßen, trommelte er gedankenverloren mit den Fingern auf das Lenkrad. Eine Weile schwiegen sie.

»Das ist seltsam«, meinte Lisa schließlich. »Unter diesen Umständen können wir den Diebstahl natürlich nicht zu den Akten legen. Irgendwie sagt mir mein Gefühl, dass die beiden Fälle zusammengehören.«

Joshua gab ihr recht. »Ja, müsste schon ein seltsamer Zufall sein, wenn es nicht so wäre. Die Fäden laufen zusammen. Heiko Schönfuss wurde von mehreren Personen mit dieser Larissa Augenstein gesehen. Dazu kommt die Aussage von der Nachbarin, dass die beiden anscheinend ein Paar waren. Alexander Schlegel wurde ebenfalls mit ihr gesehen.«

»Und nun könnte sie auch noch den Diebstahl begangen haben«, unterbrach Lisa ihn. »So viele Zufälle gibt es gar nicht.«

Joshua nickte. »Genau, und deshalb fahren wir jetzt direkt dorthin, in der Hoffnung, jemanden anzutreffen.«

Er fuhr, nachdem er die Wiesenstraße in sein

Navigationsgerät eingegeben hatte, aus der Parklücke. Er bog aus dem Wilferdinger Neubaugebiet links ab in die Königsbacher Straße. An der Kreuzung dirigierte das Navi ihn rechts auf die Hauptstraße, um ihn an dem Haushaltswarengeschäft links in die Buchwaldstraße fahren zu lassen. In der zweiten Straße links befand sich dann ihr Ziel.

Nach dem zweiten Klingeln wurde die Tür regelrecht aufgerissen. Ein Mann mit verstrubbelten blonden Haaren schaute sie irritiert an. »Oh, ich dachte, es ist meine Frau. Entschuldigen Sie.«

»Kein Problem, wir sind von der Kriminalpolizei Pforzheim und hätten ein paar Fragen an Frau Augenstein«, erklärte Lisa, indem sie ihm wie gewohnt ihren Ausweis entgegenhielt.

»Mei…, meine Frau«, stotterte der Mann, »ist nicht da.«

»Sie sind also Frau Augensteins Ehegatte?« Lisa steckte ihren Ausweis wieder ein.

»Ja, ich bin Ben Augenstein. Ich mache mir so langsam Sorgen, sie müsste längst zuhause sein.«

»Nun, dann sagen Sie ihr bitte, wenn sie kommt, dass sie sich bei uns melden soll.«

Joshua nickte Lisa zu, die Herrn Augenstein daraufhin ihre Visitenkarte reichte.

Sie hätte ihm gerne noch einige Fragen gestellt, aber für Joshua schien die Angelegenheit erledigt zu sein, denn er hatte sich bereits umgedreht.

Als sie zehn Minuten später wie so oft auf der B 10 im Stau standen, fragte Lisa: »Warum haben wir nicht gleich den Ehemann befragt?«

»Meiner Meinung nach hätte uns das im Moment nicht weitergebracht. Außerdem können wir das immer noch.«

»Hm.« Da war Lisa anderer Ansicht und schüttelte den Kopf.

Joshua schaute sie von der Seite an und grinste. »Jetzt lass uns erst einmal eine Sonderbesprechung abhalten und uns sortieren. Das sind schließlich ganz neue Erkenntnisse.«

Seufzend gab Lisa ihm im Stillen recht.

Donnerstag, 30. Juni

Rückblick
Larissa

Larissa hatte es sich zu Hause auf dem Sofa, umgeben von bunten Kissen, bequem gemacht. Mit angezogenen Beinen beugte sie sich zum Couchtisch vor und angelte nach ihrem Smartphone. Mit Blick auf die Uhr stellte sie fest, dass sie Alexander morgens um diese Zeit anrufen könnte, da seine Frau normalerweise bei der Arbeit war. Sie hatte Glück, er nahm das Gespräch an.

»Was gibt's?«, erklang die ungehaltene Stimme ihres Ex-Geliebten.

Larissa konnte sich ein Grinsen nicht verkneifen. In der Beziehung gab es nichts zu retten. Aber das war ihr egal. Die Treffen waren ihr in letzter Zeit sowieso langweilig geworden. Dazu kam der ganze Stress mit seiner Frau. Sie hatte darauf keine Lust mehr. Und seine Aufgabe hatte er, so wie es schien, erledigt.

Sie räusperte sich. »Ich wollte mich bloß bedanken.«

»Bedanken? Wofür?«

»Jetzt tu nicht so. Deutlicher möchte ich am Telefon nicht werden.«

»Ach so, das meinst du«, erwiderte Alexander nach kurzem Schweigen. »Das war ich nicht.«

Larissa lachte schallend los. »Das kannst du deinem Großvater erzählen. Aber ganz ehrlich, ich hätte es dir nicht zugetraut. Ich bin stolz auf dich.«

»Mensch, Lari, glaub mir doch, ich habe damit nichts zu tun«, erklang seine verzweifelte Stimme.

»Ach, und wer hat es dann getan? Der Heilige Geist? Das wäre ja wie im Wunschkonzert. Ich wünsche mir was und schon erledigt es irgendjemand. Aber mir ist klar, dass du dich absichern möchtest. Ist auch gut so. Ich bin dir auf jeden Fall sehr dankbar.«

Mit diesen Worten beendete Larissa das Gespräch. Für sie war die Angelegenheit Alexander Schlegel genauso abgehakt wie die Sache mit Heiko Schönfuss. Und Jochen Bezold würde sie nun bestimmt in Ruhe lassen. Sie wäre ab jetzt nur für ihren Mann da und könnte sich um ihre Zeitreise in die Römerzeit kümmern.

Zufrieden nickte Larissa.

Freitag, 1. Juli

Lisa

Die Soko ›Spinne‹ hatte sich im Kriminalkommissariat versammelt. Joshua Bähr hatte die Sonderbesprechung einberufen.

Allerdings war nur die Hälfte des Teams anwesend, da die Besprechung nicht geplant war und die Polizeibeamten mit anderen Aufgaben beschäftigt waren.

Erstaunt musterte Peter Baumann das Team, nachdem er den Raum betreten hatte. »Gibt es Neuigkeiten?«

»Das kann man so sagen«, antwortete Lisa. Sie war aufgeregt, das Ermittlungsfieber hatte sie gepackt. Endlich tat sich was in dem Fall.

Baumann schmunzelte. »Dann leg mal los. Ich bin gespannt.«

»Wir haben die Adresse unserer rothaarigen Unbekannten herausgefunden. Es handelt sich um Larissa Augenstein, wohnhaft in Wilferdingen.«

»Oh, das ist gut. Wart ihr auch gleich dort?«

»Ja, aber leider war nur der Ehemann zu Hause. Der schien etwas überbesorgt zu sein, weil seine Frau noch nicht daheim war. Ich kann es nachher, wenn ich heimfahre, erneut versuchen.«

Joshua runzelte die Stirn. »Nicht schon wieder im Alleingang«, murmelte er vor sich hin.

Der Chef, der das wohl gehört hatte, pflichtete ihm bei. »Ja, Lisa, denke an letztes Jahr, da hättest du fast nicht überlebt, weil wir nicht wussten, in welchem Keller du eingesperrt warst.«

Lisa verdrehte genervt die Augen. »Das war doch eine ganz andere Situation. Damals war ich so blöde und habe niemandem Bescheid gesagt, was ich vorhabe und wohin ich gehe. Das passiert mir ganz sicher nicht mehr.«

Baumann schien nachzudenken und nickte schließlich. »In diesem Fall kannst du vielleicht tatsächlich noch mal dort vorbeischauen, aber melde dich bitte danach bei mir.«

Joshua schüttelte den Kopf. »Also, ich leite diese Soko und lasse das nicht zu. Ich begleite Lisa. Wir können ja vorher anrufen, ob Frau Augenstein inzwischen angekommen ist.«

Lisa runzelte über diese Einmischung die Stirn.

Ob Baumann auch verärgert war, wusste sie nicht, er ließ sich nichts anmerken.

Nachdenklich kratzte er sich am Kinn und wandte sich an Joshua: »Jetzt muss ich aber doch fragen, wozu diese Sonderbesprechung?«

»Also, Frau Schlegel vermutet, dass Larissa

Augenstein diejenige ist, die den Römerkopf gestohlen hat«, erklärte Joshua.

Baumann riss die Augen auf. »Nun, dann müssen wir diesen Fall doch wieder aufgreifen. Das
Tötungsdelikt und der Diebstahl könnten tatsächlich etwas miteinander zu tun haben.«

»Das sehen wir auch so«, stimmte Joshua zu.

Jetzt kam endlich Schwung in die Sache, da
waren sich alle einig. Lisa nahm sich vor, am
Abend Lea anzurufen und sie über die Neuigkeiten zu informieren, da ihre Freundin heute Nachmittag nicht arbeitete.

»Und warum hat die Frau Schlegel uns das
nicht schon längst mitgeteilt?«

»Hm, gute Frage.« Lisa fuhr sich mit der Hand
über den Nacken, »Ich habe das Gefühl, dass die
gute Frau einen richtiggehenden Hass auf diese
Larissa hat. Eventuell Eifersucht? Keine Ahnung,
aber das finden wir raus.«

»Wir werden sehen, was die Befragung von
Larissa Augenstein ergibt. Morgen früh um acht
treffen wir uns wieder und beraten über die weitere Vorgehensweise.« Mit diesen Worten beendete
Peter Baumann die Besprechung.

...

Fluchend stoppte Lisa ihr Auto auf der Wilferdinger Höhe. Stau. Wie blöd, wo sie doch schnellstens nach Hause wollte. Ben Augenstein hatte am Telefon erklärt, dass seine Frau noch nicht bei ihm eingetroffen war. Er meinte, dass Larissa etwas passiert sein müsse.

Lisa hatte ihn beruhigt und gesagt, dass er sich, falls sie bis morgen früh nicht aufgetaucht war, auf dem Kriminalkommissariat melden solle.

Sie seufzte. Wie es aussah, würde sich der Stau nicht so bald auflösen. Sie konnte aber nicht erkennen, woran es lag.

Kurzentschlossen bog sie an der nächsten Ampelanlage links ab, um zu wenden. Sie hatte sich entschlossen, über das Brötzinger Tal nach Remchingen zu fahren.

Warum wollte sie eigentlich so dringend heim?, fragte sie sich. Es würde sowieso wieder mit endlosen Diskussionen mit ihrer Mutter enden. Amelie hatte anscheinend nicht die Absicht, in Kürze nach Berlin zurückzukehren.

Seit ihre Mutter angekommen war, hatte Lisa bei Klaus in Singen geschlafen, den Abend aber gemeinsam mit Amelie und Mia in ihrer Wohnung in Wilferdingen verbracht. Erst nachdem sie ihre Tochter ins Bett gebracht hatte, war sie zu ihrem Lebensgefährten gefahren. Auf Dauer war das allerdings kein Zustand, dessen war sich Lisa durchaus bewusst.

Als sie auf Höhe des Krankenhauses Siloah die Kurze Steig entlangfuhr, klingelte ihr Handy. Auf dem Bildschirm ihrer Freisprechanlage sah sie, dass es sich bei dem Anrufer um Klaus und nicht um ihre Mutter handelte.

Sie atmete auf und nahm das Gespräch an.

Inzwischen verstand sie sich recht gut mit Amelie, trotzdem nervten sie die ständigen Diskussionen über Kindererziehung und die vielen gut gemeinten Tipps, was die richtige Ernährung anging. Wenigstens beim Autofahren wollte sie ihre Ruhe.

»Hi, Lisa«, ertönte die Stimme ihres Lebensgefährten, »wo bist du gerade?«

»Auf dem Heimweg, aber ich musste umkehren, weil auf der Wilferdinger Höhe der Verkehr stockt. Ich fahre jetzt über die Dietlinger Straße. Wo bist du?«

»Ich bin bei mir daheim. Komm doch heute bitte gleich zu mir, ich möchte was mit dir besprechen.«

»Und was ist mit Mia?«

»Ich habe sie zu deiner Mama gebracht. Wir können später gemeinsam hingehen, wenn du möchtest.«

In Lisas Kopf ratterte es. Was um alles in der Welt gab es denn zu besprechen? Sie war müde und hatte vor, heute früher ins Bett zu gehen. Klaus würde ihr doch hoffentlich keinen Heiratsantrag machen. Das wäre ihm zuzutrauen. Oder wollte er etwa wieder mit dem leidigen Thema des Zusammenziehens anfangen? Auf der anderen Seite hätte sie bei ihm zunächst zwei ruhige Stunden.

Mit Blick auf die Armbanduhr stellte sie fest, dass es erst achtzehn Uhr war.

»Hey, Lisa, bist du noch da?«

»Ja«, antwortete sie zögernd. »Okay, ich komme dann.«

»Echt?«

»Was heißt denn da echt? Du hast das doch gerade vorgeschlagen.« Lisa schmunzelte.

»Schon, aber ich habe nicht mit so einer schnellen Zustimmung gerechnet.«

»Na, so schätzt du mich ein«, erwiderte sie gespielt empört. »Aber ich freue mich, dass wir ein bisschen Zeit für uns haben.«

»Das ist schön. Dann also bis gleich.«

»Okay, bis dann.« Sie tippte auf dem Display auf ›Beenden‹.

Inzwischen war sie an der nächsten Kreuzung am Ende des Bergs rechts auf die Kelterstraße abgebogen und erstarrte, weil sie erneut von einem Stau erwartet wurde. Sie stöhnte und suchte die Nummer von Klaus heraus, um ihm mitzuteilen, dass es noch dauern würde.

Lisa traf um halb acht bei ihrem Lebensgefährten ein. Weil sie müde und genervt war, wand sie sich aus seiner Umarmung. »Ich bin völlig fertig. Überall Stau. Das hat mir heute gerade noch gefehlt.«

»Jetzt komm doch erst mal rein.« Klaus drückte sie mit sanfter Gewalt auf die Couch, die sich übers Eck im Wohnzimmer erstreckte und einen großen Teil des Raumes einnahm.

»Du verschnaufst jetzt erst einmal, und ich kümmere mich ums Essen. Keine Widerrede«, ermahnte er Lisa, als sie Anstalten machte zu protestieren.

Resigniert ließ sie sich zurückfallen und schloss die Augen. Ihr Freund hatte recht. Sie sollte tief durchatmen, und eine Pause würde ihr sicher guttun, wenn sie schon bekocht wurde.

»Hier riecht es ja lecker. Was gibt es denn?«, rief sie noch, bevor sie einschlief.

...

Wie aus weiter Ferne hörte sie Klaus etwas murmeln. Als sie die Augen aufschlug, blickte sie in das Gesicht ihres Lebensgefährten, der ihr sanft über die Wange strich.

»Was hast du gesagt?«

»Ich sagte, dass es Lasagne gibt.« Er lächelte.

»Huch, habe ich etwas geschlafen?«

»Ja, und das war notwendig. Du warst ja vollkommen erschöpft.«

»Kann sein«, Lisa erhob sich. »Und jetzt habe ich einen Bärenhunger.« Sie lachte ihn an.

»Das freut mich. Dann komm mal.«

Sie ließ sich von Klaus in den Arm nehmen und küsste ihn zärtlich auf den Mund. Nachdem sie über das dampfende Gericht hergefallen war, als hätte sie seit Tagen nichts gegessen, strahlte sie ihn an. »Mmm, das war lecker. Ich habe ja schon mehrfach gesagt, dass du deinen Beruf verfehlt hast.«

»Ja, das hast du, aber ich koche lieber nur für uns. Übrigens, das könntest du immer so haben.«

Sofort verfinsterte sich Lisas Gesichtsausdruck.

»Entspann dich, ich möchte dich zu nichts überreden, aber ...«

»Was wolltest du eigentlich mit mir besprechen«, unterbrach sie ihn.

»Nun, deine Mutter hat mehrfach erwähnt, dass sie nicht mehr nach Berlin zurückkehren möchte. Also nur noch, um ihre Wohnung zu kündigen und ihre Angelegenheiten zu klären. Sie möchte hier bei uns bleiben.«

Entsetzt starrte Lisa ihn an. »Das ist jetzt nicht dein Ernst!«

»Wieso mein Ernst. Deine Mutter hat das gesagt.«

»Das muss ich erst mal verdauen. Wie stellt sie sich das vor?«

»Was wäre denn daran so schlimm für dich? Sie könnte sich doch um Mia kümmern. Das wäre für uns, vor allem für dich gut, mit deinen unmöglichen Arbeitszeiten, wenn es gerade einen neuen Fall gibt. Oder nicht?«

»Ich weiß nicht, ob das mit Amelie und mir gutginge, wenn wir uns jeden Tag sehen würden.«

»Ihr müsstet euch gar nicht immer sehen. Ich bin doch auch da. Und Max holt sein Töchterchen sowieso des Öfteren von der Kita ab. Aber wenn Not am Mann ist, dann wäre deine Mutter da. Und wir könnten sie zwei- oder dreimal in der Woche fest einplanen. Das wäre für uns alle eine Erleichterung.«

»Hm, und wo soll sie wohnen?«

»So, und jetzt kommt mein Vorschlag. Wir

könnten uns eine größere Wohnung oder ein Häuschen suchen und endlich zusammenziehen.«

»Ah, daher weht der Wind.«

Als Lisa den verletzten Blick ihres Freundes sah, lenkte sie schnell ein. »Entschuldige, es war nicht so gemeint.«

»Schon gut, ich wollte dich nicht überfahren. Außerdem ist es deine Mutter und das Ganze geht mich eigentlich nichts an.«

Ihr wurde schwindelig, ein Gefühl von Panik breitete sich in ihr aus. »Du meinst also, ich kann entweder mit Amelie zusammenwohnen oder Mia und ich ziehen mit dir in ein Haus. Ich habe sozusagen die Wahl zwischen Pest und Cholera.«

»Jetzt reicht's!« Klaus sprang auf. »Was bin ich dann? Die Pest oder Cholera?« Mit diesen Worten verließ er das Wohnzimmer.

Lisa seufzte auf und schlug die Hände vors Gesicht. Das hatte sie nicht gewollt. Aber wenn sie mit einem Mordfall beschäftigt war, hatte sie für so gravierende Änderungen in ihrem Privatleben einfach keinen Nerv.

Donnerstag, 30. Juni

Rückblick
Larissa

Unentschlossen, ob das richtig war, was sie hier tat, schritt Larissa auf Heikos Haus zu. Sie hatte kein gutes Gefühl dabei, als sie sich an der Seite des Gebäudes vorbei in den Garten schlich. Dieser Jochen Bezold hatte sie hierher bestellt und gedroht sie anzuzeigen, wenn sie nicht erscheinen würde. Die Angst, nie wieder ihre Schwester zu sehen, ließ sie sämtliche Vorsicht in den Wind schlagen. Was sollte schon passieren? Bisher war sie mit allen Männern fertiggeworden.

Es war stockdunkel und der Mond von Wolken verdeckt. Larissa zuckte zusammen, als plötzlich ein Hund bellte. Was war nur los mit ihr? Sie hatte doch sonst nicht so schlechte Nerven.

Als sie an der Terrasse ankam, erwartete Bezold sie schon, packte sie am Arm und zog sie ins Haus. Er hatte wahrscheinlich die Glastür aufgebrochen, eine andere Erklärung gab es nicht. Larissa ging nicht davon aus, dass Heiko ihm einen Schlüssel gegeben hatte. Außerdem war die Vordertür noch versiegelt.

»Aua, du tust mir weh. Was soll das?«

Unwillig befreite sie sich aus seiner Umklammerung.

»Ich will nur nicht, dass die Nachbarn was mitkriegen«, brummelte Jochen.

Larissa rieb sich über den schmerzenden Arm. »Was möchtest du von mir? Warum bestellst du mich mitten in der Nacht hierher?«

Er ging auf ihre Fragen nicht ein. »Bist du sicher, dass dich niemand gesehen hat?«

»Ja, mich hat keiner gesehen. Aber was soll das Ganze?«

Bezold setzte sich auf einen Stuhl an den Esstisch und deutete auf die andere Seite. »Setz dich und lass uns wie zivilisierte Leute miteinander reden.«

Sie kam der Aufforderung nach. »Zivilisiert nennst du das? Dein Verhalten ist asozial«, beschimpfte sie ihn. »Sag mir, worum es dir hier geht, denn ich habe nicht ewig Zeit.« Trotzig presste Larissa ihre Lippen aufeinander.

Jochen erhob sich. »Ich habe dir gesagt, du sollst dafür sorgen, dass Schönfuss mich in Ruhe lässt. Ich habe nicht gemeint, dass du deinen Lover losschickst, um Heiko umzubringen. Oder warst du es gar selbst?«

Sie wurde blass. »Natürlich nicht. Wir waren das nicht.«

Sie war ebenfalls aufgesprungen und ging auf Jochen zu. Dicht vor ihm blieb sie stehen und fixierte ihn. »Wahrscheinlich warst du es selbst.«

»Warum hätte ich das tun sollen? Ich hätte ihn auch wegen Erpressung anzeigen können.«

»Aber dann hättest du vielleicht Frau und Kinder verloren.«

Bezold senkte den Blick, drehte sich um und fuhr sich mit der Hand durch die Haare. Schließlich wandte er sich ihr wieder zu. »Wie auch immer, wenn die Polizei bei dir auftaucht, dann lenkst du sie zu Alexander. Und wir kennen uns nicht. Verstanden?«

Larissas Augen funkelten. »Und wenn nicht? Verrätst du mich dann wegen des Diebstahls? Das kannst du doch gar nicht beweisen. Weißt du was? Ich denke, dass du Heiko auf dem Gewissen hast, und ich werde dafür sorgen, dass du im Knast landest.«

Mit diesen Worten eilte sie zur Terrassentür. Sie war gerade im Begriff, ihre Hand auf den Knopf der Schiebetür zu legen, als sie einen heftigen Schlag auf den Kopf bekam und das Gefühl hatte, ihr Gehirn wäre in zwei Teile gespalten worden. Sie versuchte verzweifelt, einen klaren Gedanken zu fassen, dann war da nur noch Dunkelheit.

Samstag, 2. Juli

Lisa

Als Lisa den Flur des Kommissariats betrat, eilte ihr Lea entgegen. »Gut, dass du kommst.«

Lisa runzelte die Stirn und sah die Freundin an. »Was ist denn los? Was ist so eilig?«

»Der Ehemann von Larissa Augenstein ist im Büro bei Frank. Seine Frau ist immer noch nicht aufgetaucht und der Mann ist vollkommen aufgelöst. Frank ist überfordert und kann ihn nicht beruhigen.«

»Okay. Und du konntest Frank auch nicht helfen? Und wo ist Jörg?«

»Ich bin selbst gerade erst gekommen. Außerdem bin ich mit dem Fall nicht so vertraut wie du. Wo unser Kollege ist, weiß ich nicht. Aber da um acht niemand hier war, wurde die morgendliche Besprechung verschoben. Der Chef kocht und erwartet uns nachher in seinem Büro.«

Lisa seufzte und unterdrückte den dringenden Wunsch nach einem Kaffee. »Und wo warst du?«

Lea zog die Nase kraus und murmelte beschämt: »Hab verschlafen.«

Lisa klopfte ihr beruhigend auf die Schulter. »Das kann passieren. Dann gehe ich mal, und später begeben wir uns zusammen in die Höhle des Löwen.«

Die Freundin nickte und grinste. Lisa betrat das Gemeinschaftsbüro und registrierte Franks erleichterten Blick.

Ben Augenstein bäumte sich gerade vor ihrem Kollegen auf. »Jetzt unternehmen Sie doch endlich was«, rief er.

»Hallo, Herr Augenstein«, sagte Lisa. »Jetzt beruhigen Sie sich erst einmal. Was ist denn passiert? Ist Ihre Frau noch nicht nach Hause gekommen?«

»Nein, ist sie nicht. Und Ihr Kollege begreift einfach nicht, dass ihr etwas passiert sein muss.«

»Wie kommen Sie darauf?« Lisa musterte ihn.

»Weil sie seit vorgestern Abend weg ist und sich nicht gemeldet hat. So was hat es noch nie gegeben. Klar, sie ist oft unterwegs und ich ebenfalls. Aber wir können uns aufeinander verlassen. Wenn wir sagen, dass wir zu einem bestimmten Zeitpunkt wieder daheim sind, dann ist das bisher immer so gewesen.«

»Okay, haben Sie schon bei Freunden oder Angehörigen nachgefragt?«

»Natürlich habe ich bei unserem befreundeten Ehepaar angerufen, aber da war Larissa nicht. Und Familie hat sie keine außer mir.«

»Hat sie gesagt, was sie vorhat, als Sie sie das letzte Mal gesehen haben und wann war das?«, wollte Lisa wissen.

»Das ist ja das Seltsame, sie wollte nur einen kleinen Spaziergang machen, um etwas Luft zu schnappen.«

Lisa spürte, dass Ben Augenstein kurz vorm Durchdrehen war. »Setzen Sie sich doch erst einmal.« Sie deutete auf den Stuhl, der vor Franks Schreibtisch stand. »Möchten Sie ein Glas Wasser?«

Er schüttelte wortlos den Kopf, kam aber der Aufforderung Platz zu nehmen nach.

Lisa zog sich ebenfalls eine Sitzgelegenheit heran. Sie strich sich eine Haarsträhne, die ihr übers Auge gefallen war, aus der Stirn und räusperte sich.

»Wer ist denn Ihr befreundetes Ehepaar?«

»Martina und Alexander Schlegel«, kam die prompte Antwort.

Schon wieder die beiden, schoss es ihr durch den Kopf. Da musste es irgendeine Verbindung geben bei der ganzen Sache.

»Um wie viel Uhr haben Sie Ihre Frau vorgestern zuletzt gesehen«, wiederholte sie die Frage.

»Hm, es war dunkel. So genau weiß ich das nicht. Ich denke, es war gegen zehn.«

»Und was haben Sie gemacht, als sie nicht zurückkam?«

»Was hätte ich denn tun sollen? Ich habe die ganze Gegend abgesucht und schließlich bei Alexander angerufen. Der war nicht da, aber Martina meinte, dass Lari nicht bei ihnen ist. Und …«, Augenstein zögerte, »die war irgendwie komisch drauf und hat tatsächlich angedeutet, dass zwischen ihrem Mann und meiner Frau was laufen könnte. Das ist so ein Blödsinn.« Er schüttelte den Kopf und ballte die Fäuste.

»Und dann, was haben Sie dann unternommen?«, meldete sich Frank zu Wort.

Augenstein kratzte sich am Hals. »Martinas Aussage hat mich doch nicht kalt gelassen und so beschäftigt, dass ich mir drei Whiskys genehmigt habe. Die ganze Zeit habe ich gegrübelt, ob da was dran sein könnte. Irgendwann bin ich auf der Couch eingeschlafen«, entgegnete er kleinlaut.

Lisa verschlug es für einen Moment die Sprache. Schließlich fragte sie: »Und bis zu dem Zeitpunkt, als wir geklingelt haben, haben Sie sich keine Sorgen mehr gemacht?«

»Doch natürlich. Ich habe den ganzen Vormittag alle Kliniken angerufen, ob sie vielleicht irgendwo eingeliefert wurde.«

Das klang einleuchtend.

Inzwischen saß Ben Augenstein wie ein Häufchen Elend da. Mit großen Augen starrte er Lisa an. »Sie müssen wissen, meine Frau war vor ein paar Jahren in der Psychiatrie, deshalb mache ich mir wahnsinnige Sorgen. Aber natürlich könnte auch was anderes passiert sein. Schließlich habe ich in allen Krankenhäusern angerufen, aber nirgends ist sie eingeliefert worden.«

»Unter was für einer Krankheit leidet Ihre Frau?«, mischte sich Frank ein.

»Ihre Schwester wurde als Kind von einem Auto überfahren. Direkt vor dem Haus von Larissas Familie. Sie war sofort tot. Meine Frau … gibt sich die Schuld dafür, weil sie … nun, weil sie auf Anne hätte aufpassen sollen. Aber sie war ja selbst erst neun«, stammelte Ben Augenstein.

Betroffen sah Lisa ihn an. »Das ist schrecklich.«

»Ja, und das hat Larissa nie verkraftet und benötigte des Öfteren psychologische Hilfe.«

»Das ist verständlich. Und was ist mit ihren Eltern?«

»Die Mutter ist gestorben und mit dem Vater will sie nichts zu tun haben.«

»Sie sagten doch, dass sie keine Familie mehr hat.« Frank hatte die Augen zusammengekniffen und sich zu Augenstein gebeugt.

»Das meinte ich auch so. Für Lari ist er gestorben, außerdem ist es nur der Stiefvater. Er hat ihr damals die Schuld am Tod der Schwester gegeben.«

»Das ist hart.« Lisa schüttelte verständnislos den Kopf und erhob sich.

»Herr Augenstein, Sie gehen jetzt bitte nach Hause. Es könnte ja sein, dass sich Ihre Frau bei Ihnen meldet oder heimkommt. Sollte das der Fall sein, melden Sie sich bitte umgehend. Normalerweise unternehmen wir nichts, wenn eine Frau mal einen Tag nicht auftaucht und nichts auf ein Verbrechen hindeutet. Aber in diesem Fall könnte schon Gefahr im Verzug sein und wir schreiben sie zur Fahndung aus und tun alles, um sie zu finden.«

Ben Augenstein nickte und verabschiedete sich. Er war sichtlich froh, dass die Sache ernst genommen wurde.

Samstag, 2. Juli

Larissa

Larissa schaute sich verwirrt um. Wo war sie?

Langsam kam die Erinnerung zurück. Und mit ihr die Panik. Sie hatte keine Ahnung, wie lange es her war, dass sie zum ersten Mal im Keller aufgewacht war. Sie hatte mit diesem Jochen gestritten und wollte gehen. Dann war sie erst wieder hier unten zu sich gekommen. Sie musste ohnmächtig gewesen sein. Wie lange, das war fraglich. Wahrscheinlich hatte Jochen ihr mit einem harten Gegenstand auf den Kopf geschlagen, denn da war am Hinterkopf verkrustetes Blut zu fühlen, als sie mit der Hand hingefasst hatte. Ganz trocken war es noch nicht gewesen. Mit Entsetzten hatte sie die rot verfärbte Haut auf ihren Fingern gesehen. Schlagartig fiel Larissa wieder ihre Panikattacke ein, die sie daraufhin bekommen hatte. Die erste ihres Lebens.

Bei dem Gedanken daran beschleunigte sich ihre Atmung erneut. Mit beiden Händen bedeckte sie Nase und Mund. Das hatte sie früher einmal bei einer Freundin miterlebt, als die panisch geworden war.

Tatsächlich konnte sie sich damit wieder beruhigen. Sie war nie ein ängstlicher Mensch gewesen, aber die letzten Stunden oder Tage – sie hatte keine Ahnung, wie lange sie schon hier in diesem Zustand lag – hatten ihr sämtliche Kraft entzogen. Es gab an ihrem Körper nicht eine Stelle, die nicht schmerzte. Bestimmt hatte der Typ sie die Treppe hinuntergeworfen. Obwohl, gebrochen schien nichts zu sein.

Larissa registrierte verzweifelt, dass ihre Blase voll war. Als sie noch kräftiger gewesen war, hatte sie einen bereitstehenden Eimer benutzt. Sie war sich nicht sicher, ob sie es noch einmal schaffen würde, sich zu erheben und dorthin zu gehen.

Durch das schmale Kellerfenster oben an der Wand drang etwas Tageslicht herein. Sie hatte sich aus einem Regal warme Decken geholt, denn hier unten war es trotz der milden Außentemperaturen ziemlich kalt. Sie hatte lange und laut um Hilfe gerufen, vor Anstrengung war ihr speiübel geworden und sie hatte sich übergeben müssen. Zum Eimer hatte sie es nicht mehr geschafft, daher roch es unangenehm. Schließlich hatte sie sich auf der Matratze niedergelassen, die in einer Ecke des Kellerraumes lag.

Jetzt wurde ihr erneut übel. Sie würde doch wohl nicht eine Gehirnerschütterung haben? In ihrem Kopf hämmerte es ununterbrochen und die

Umgebung verschwamm vor ihren Augen. Ihr war klar, dass sie in die nächste Ohnmacht hineinglitt.

Außerdem hatte sie unerträglichen Durst und ihr Mund war total ausgedörrt. Ihr letzter verzweifelter Gedanke war, dass sie ohne Wasser hier unten nicht mehr lange überleben und ihre Schwester niemals wiedersehen würde.

Zur selben Zeit

Lisa

Lisa spielte mit dem Gedanken, sich vor dem Gespräch mit dem Chef einen Kaffee zu holen, verwarf die Idee aber gleich wieder, als sie Leas drängenden Blick bemerkte.

Sie seufzte und wandte sich an Rippberger. »Los Frank, lass es uns hinter uns bringen, Peter möchte uns sprechen.«

Zu dritt verließen sie das Büro, Lisa klopfte an die Tür und sie betraten das Zimmer des Chefs. Wider Erwarten gab es keine Ermahnung, weil sie und Jörg Sebastian heute Morgen nicht pünktlich zur Besprechung dagewesen waren. Im Gegenteil, Baumann wirkte regelrecht milde gestimmt.

»Was gibt es Neues?« Er schaute zwar die Anwesenden an, schien aber mit seinen Gedanken woanders zu sein.

»Gerade war der Ehemann von Larissa Augenstein da und hat offiziell eine Vermisstenanzeige aufgegeben. Seine Frau ist seit vorgestern Abend spurlos verschwunden. Da sie offensichtlich auf irgendeine Art und Weise in diesen Fall verwickelt zu sein scheint, könnte sie sich in Gefahr befinden.« Lisa sah Baumann zögernd an und fuhr fort: »Ich habe ein ungutes Gefühl und würde sofort eine Fahndung veranlassen.«

Der Chef nickte. »Ja, macht das gleich, damit wir keine Zeit verlieren.«

»Lea, bitte übernimm du das, dann kann ich mit Peter und Frank das weitere Vorgehen besprechen«, bat Lisa. Ihre Freundin nickte und verließ den Raum.

Baumann rieb sich hinter dem Ohr. »Was wollt ihr weiterhin unternehmen?«

»Hm, irgendwas verschweigt uns Ben Augenstein«, sagte Lisa. »Was meinst du Frank?«

»Ja, ich habe auch das Gefühl, dass er uns nicht alles gesagt hat.«

»Dann solltet ihr ihn noch einmal in die Mangel nehmen«, schlug Baumann vor.

»Das machen wir«, entgegnete Lisa. »Außerdem müssen wir noch einmal mit Alexander Schlegel und seiner Frau sprechen. Das scheinen die einzigen Freunde des Ehepaars Augenstein zu sein. Irgendwie glaube ich nun doch, dass zwischen dem Diebstahl und dem Mord ein Zusammenhang besteht.«

»Das denke ich auch«, mischte sich Frank ein. »Und das mit Schlegels anaphylaktischen Schock ist im Nachhinein auch seltsam.«

»Das haben wir aber überprüft. Schlegel hatte

tatsächlich einen anaphylaktischen Schock. Jörg hat noch mal mit dem behandelnden Arzt gesprochen. Man weiß aber nicht, worauf er allergisch reagiert hat.«

Baumann schüttelte resigniert den Kopf. »Komisch ist das schon, dass gleichzeitig der Diebstahl stattgefunden hat.«

»Und ich vermute, dass Larissa Augenstein ein Verhältnis mit dem Schlegel hat.« Überrascht schauten die Männer Lisa an.

»Wie kommst du darauf«, wollte Frank wissen.

»Weil Martina Schlegel nicht gut auf die Frau zu sprechen war. Es ging ihr auch nicht gut. Das hat sie allerdings auf die Schwangerschaft geschoben.«

»Meine Güte, das wird ja immer undurchsichtiger.« Baumann fuhr sich mit der Hand über die Augen. »Dann befragt tatsächlich noch mal die betreffenden Personen.«

»Das machen wir.« Lisa zögerte, ihrem Kollegen zu folgen, der schon das Büro verlassen hatte.

»Was gibt's noch?« Baumann lächelte.

Mann, ist der gut drauf, dachte sie. »Ich müsste um vierzehn Uhr allerdings meine Tochter von ihrem Vater abholen. Max hat einen wichtigen Termin, zu dem er sie nicht mitnehmen kann. Ist das okay? Danach kann ich dann gleich weiter ermitteln«, versprach sie.

»Das ist schon in Ordnung. Die Kleine muss ja versorgt werden.«

Puh, wie gut, dass Amelie da ist, schoss es Lisa durch den Kopf. »Danke. Meine Mutter ist momentan da und kann sich dann um Mia kümmern.«

»Alles klar.«

Lisa verließ nachdenklich das Zimmer. Vielleicht wäre es doch gar nicht so schlecht, wenn Amelie hierbleiben würde.

Im Flur begegnete ihr Lea. »Hey, Lieblingskollegin, weißt du, warum unser Chef heute so milde gestimmt ist?«

»Klar«, die Freundin grinste, »weil er heute Hochzeitstag hat.«

»Ach so, deshalb.« Nun wunderte sich Lisa nicht mehr, da sie wusste, dass Baumann seine Frau über alles liebte. Die frühere Sekretärin Maria war darüber alles andere als glücklich gewesen, sie hatte sich damals bis über beide Ohren in Baumann verliebt. Aber jetzt arbeitete sie woanders und für das Kriminalkommissariat war nur noch eine Schreibkraft eingestellt worden.

»Die Fahndung läuft«, riss Lea sie aus ihren Gedanken.

Lisa hob den Daumen und öffnete die Tür des Gemeinschaftsbüros. Inzwischen waren Jörg Sebastian und Joshua Bähr ebenfalls eingetroffen.

»Wer begleitet mich nach Remchingen?«, rief sie in das Büro.

»Ich«, antwortete der Calwer Kollege und trank hastig seine Tasse Kaffee aus.

Neidisch blickte sie auf den Becher in seiner Hand.

Auf der Fahrt nach Remchingen – Joshua saß am Steuer – erfreute sich Lisa an den von der Sonne angestrahlten Wiesen, an denen sie vorbeifuhren. Es war ein herrlicher Sommertag und ihre Laune steigerte sich enorm. Sie freute sich auf ihr Töchterchen und hoffentlich auf einen gemütlichen Abend mit Klaus. Aber dazu musste sie sich wohl erst bei ihm entschuldigen. Sie seufzte tief.

»Hey, was geht dir denn durch den Kopf?« Joshua drehte sich zu ihr und grinste. »Du strahlst ja richtig. Bestimmt, weil du mit mir unterwegs bist.«

»Ja, genau, so wird es sein«, antwortete Lisa schlagfertig.

»Was sagt übrigens dein Freund dazu, dass ich wieder im Lande bin?«

»Nix. Was soll er auch sagen?«

»Ist er nicht eifersüchtig?«

»Dazu hat er keinen Grund«, entgegnete sie kurz angebunden.

»Okay, ich hab's verstanden. Einen Versuch war es wert. Ich hätte nichts dagegen, unsere Leidenschaft vom letzten Jahr wieder aufflackern zu lassen.«

»Lass es gut sein. Ich bin froh, dass wir so gut miteinander auskommen und zusammen arbeiten können. Außerdem liebe ich Klaus.«

»Alles klar. Akzeptiert!« Joshua konzentrierte sich wieder auf den Verkehr.

Er ist wirklich unkompliziert und macht es mir leicht, dachte Lisa und schloss für einen Moment die Augen. Die Ermittlungen in den letzten Tagen waren anstrengend gewesen und immer noch schien kein Land in Sicht.

Zehn Minuten später klingelten sie bei Ben Augenstein, der wie erwartet zu Hause war.

Überrascht schaute er sie an. »Ist was passiert? Haben Sie Larissa gefunden?« Alle Farbe wich ihm aus dem Gesicht.

»Nein, wir wollten nur noch mal mit Ihnen sprechen«, beruhigte Bähr ihn.

Augenstein schien erleichtert. »Kommen Sie herein.«

Nachdem der Hausherr ihnen etwas zu trinken angeboten und Lisa ein Glas Wasser dankend angenommen hatte, setzten sich die drei im Wohnzimmer auf die Sitzgruppe um den Couchtisch herum.

»Es ist so ...«, Lisa hielt sich nicht lange mit Floskeln auf, »ich habe das Gefühl, dass Sie uns etwas verschweigen. Ihnen sollte klar sein, dass es vielleicht um das Leben Ihrer Frau geht und jeder Hinweis, sollte er Ihnen auch noch so unwichtig erscheinen, entscheidend sein kann, dass wir sie rechtzeitig finden.«

Augenstein rieb sich mit Daumen und Mittelfinger die Stirn. Schließlich richtete er seinen Blick zuerst auf Joshua und sah anschließend Lisa an.

»Tatsächlich gibt es da etwas, was ich noch nicht gesagt habe.« Er zögerte, fuhr dann fort: »Ich kann mir nicht vorstellen, dass diese Sache was damit zu tun hat, aber auf der anderen Seite ...«

»Jetzt reden Sie schon.« Joshua klang ungeduldig, seine Worte waren drängend.

Lisa warf ihm einen warnenden Blick zu. Sie wollte es sich mit Larissas Mann nicht verscherzen. Nachher verschloss der sich wieder, und sie erfuhren überhaupt nichts. Aber das war nicht so.

»Nun, jetzt ist eh alles egal. Es ist nämlich so, dass meine Frau den Sandsteinkopf aus dem Römermuseum gestohlen hat.«

»Wusste ich es doch, dass die beiden Fälle zusammenhängen«, entfuhr es Lisa, was nun wiederum ihr einen vernichtenden Blick ihres Kollegen bescherte.

Sie wandte sich erneut an Augenstein. »Gut, dass Sie uns das gesagt haben. Ich weiß noch nicht, ob es entscheidend ist, aber es könnte sein. Wir lassen Sie jetzt wieder in Ruhe. Bitte melden Sie sich, falls Sie etwas Neues erfahren. Es könnte ja auch eine Lösegeldforderung oder Ähnliches erfolgen.«

Augenstein schüttelte den Kopf. »Bei uns ist doch nichts zu holen. Aber klar, ich rufe sofort an, wenn sich irgendwas tut.«

Als Lisa und Joshua wieder auf der Straße waren und zum geparkten Auto schlenderten, erklärte Lisa: »Jetzt muss ich kurz meine Tochter von ihrem Vater abholen. Ich habe das mit dem Chef besprochen.«

»Alles klar, kein Problem, ich gehe inzwischen zur Tankstelle, einen Kaffee trinken.«

»Perfekt, ich komme dorthin, sobald ich Mia zu meiner Mutter gebracht habe.

Sie atmete erleichtert auf und eilte schnellen

Schrittes davon. Von der Wiesenstraße bis zum Kindergarten war es nur ein Katzensprung.

Mit der Kleinen an der Hand schlenderte Lisa die Hauptstraße entlang. Von der Kita, die sich gegenüber dem Rathaus befand, waren es ungefähr dreihundert Meter bis zu ihrer Wohnung. Diese kurze Zeit mit ihrer Tochter ließ sie sich nicht nehmen. Danach würde sie wieder ihre ganze Energie in die Aufklärung des Falles stecken.

»Mama, gehen wir nach Hause? Ist Oma noch da?« Erwartungsvoll sah Mia sie an.

»Ja, mein Schatz, sie bleibt auch bei uns. Bestimmt.« Und wenn es ihr bis jetzt noch nicht klar gewesen war, so war sich Lisa nun ganz sicher, Amelie sollte bei ihnen bleiben. Sie würde schon mit ihr auskommen, schließlich mussten sie sich nicht täglich sehen.

Und für ihr Töchterchen wäre es wunderbar, wenn immer jemand für sie da wäre.

Mia strahlte. »Das ist toll.«

Sie riss sich von Lisas Hand los und hüpfte fröhlich auf dem Gehweg voraus. Zufrieden schaute Lisa ihrer ausgelassenen Tochter hinterher und beschleunigte ihre Schritte.

Als sie zu Hause ankamen, wurden sie von einem leckeren Geruch begrüßt.

»Hm, das riecht ja gut«, rief Lisa.

Amelie kam aus der Küche. »Es gibt Gulasch und selbstgemachte Spätzle, aber du hast sicher keine Zeit zum Mitessen. Oder?« Sie drückte Mia an sich, die zu ihr gelaufen war.

»Hm, eigentlich nicht, aber weißt du was? Ich nehme mir die Zeit. Muss nur kurz meinen Kollegen anrufen, damit er Bescheid weiß, dass es länger dauert. Viel mehr können wir gerade sowieso nicht tun.« Vielleicht nutzt Joshua die Zeit und hört sich noch ein bisschen in der Gegend um, dachte Lisa.

Überrascht blickte ihre Mutter sie an. Damit hatte sie wohl nicht gerechnet.

Später

Amelie

Nach dem Essen erhob sich Amelie, um den Tisch abzuräumen. Sie freute sich riesig, dass ihre Tochter sich die Zeit genommen hatte, zum Mittagessen dazubleiben. Wenn sich ihr Verhältnis auch weitgehend gebessert hatte, so war Lisa ihr gegenüber immer noch distanziert. Ihr war klar, dass es Lisa nicht recht wäre, wenn sie ihre Zelte in Berlin abbrechen und hierherziehen würde. Das machte sie unendlich traurig, war es doch ihr größter Wunsch, sich um ihre Enkelin zu kümmern und damit auch Lisa zu unterstützen. Dazu kam, dass sie sich blendend mit Klaus verstand und dadurch endlich die Familie hätte, die sie sich immer gewünscht hatte. Da sie alleinerziehend gewesen war, hatte sie viel arbeiten müssen und zu wenig Zeit mit Lisa verbringen können. Vielleicht war sie auch oft zu streng mit ihr gewesen. Und das hatte sie nun davon.

Amelie seufzte.

»Mama, was ist los? Geht es dir nicht gut?«, fragte ihre Tochter besorgt.

Sie wandte sich zu ihr, froh darüber, dass Lisa sie Mama genannt hatte. Das kam selten vor.

»Nein, alles okay. Ich freue mich, dass wir zusammen essen konnten.«

»Das können wir gerne öfter machen«, entgegnete Lisa leise, stand auf und umarmte sie.

Amelie war vollkommen überrascht und konnte es nicht verhindern, dass ihr eine Träne über die Wange lief.

»Mama, es tut mir leid, wenn ich in letzter Zeit blöd zu dir war. Ich bin etwas überfordert. Der neue Fall, eine verschwundene Frau, die sich wahrscheinlich in Gefahr befindet, Klaus, der mich drängt, mit ihm zusammenzuziehen, das ist alles etwas viel für mich.«

Amelie war überrascht über Lisas Offenheit. »Das kann ich verstehen. Du hast wahrscheinlich Bindungsangst, weil dein Vater uns verlassen hat.«

»Das ist Blödsinn«, entgegnete ihre Tochter knapp und schlüpfte erneut in die Rolle der verschlossenen Lisa.

»Ist ja gut«, versuchte Amelie die vertraute Stimmung wiederherzustellen, was ihr jedoch nicht gelang.

»Ich muss leider gehen, lass uns ein anderes Mal weiterreden.« Lisa drückte Mia einen Abschiedskuss auf die Wange und nahm sie anschließend in den Arm.

»Übrigens, ich fände es gut, wenn du nach Remchingen ziehen würdest«, rief sie beim Hinausgehen über ihre Schulter.

Amelie starrte ihr fassungslos hinterher. Damit hatte sie nicht gerechnet.

Samstag, 2. Juli

Larissa

Larissa wachte auf und sah sich verwirrt um. Der Raum wurde durch das Licht, das durchs Fenster hereinfiel, schwach beleuchtet. Dann kam die Erinnerung. Sie befand sich in Heikos Keller. Sie war kaum in der Lage aufzustehen. Für einen Schluck Wasser würde sie alles geben. Lange würde sie es ohne Flüssigkeit nicht mehr aushalten. Mehrfach lief ihr Leben wie ein Film in ihren Gedanken ab, bis die Erschöpfung erneut siegte und sie wieder am Einschlafen war. Oder war es jedes Mal eine Ohnmacht? Sie wusste es nicht. Ständig wurde sie von Albträumen heimgesucht. Von Anne, die sie nicht vor dem heranfahrenden Auto retten konnte. Und von Ben, den sie über alles liebte und dem sie keine gute Ehefrau gewesen war. Nun konnte sie es nicht mehr gutmachen. Aber wahrscheinlich hätte sie es sowieso nicht hinbekommen.

Ein erneuter Versuch, aufzustehen und zum gefühlt hundertsten Mal um Hilfe zu schreien, scheiterte. Sie ließ sich zurück auf das Matratzenlager fallen und schloss die Augen. Larissa war sich sicher, dass sie sterben würde.

Samstagnachmittag

Lisa

Nachdem Lisa sich wieder mit ihrem Calwer Kollegen vor dem Rathaus getroffen hatte, fuhren sie direkt ins Neubaugebiet zu Familie Schlegel.

Bevor sie klingeln konnten, kam Alexander Schlegel angefahren, parkte seinen Wagen vor der Garage, stieg aus und eilte auf sie zu.

Er schien über ihren Anblick nicht gerade erfreut zu sein. »Sie wollen zu mir?«, fragte er unmutig.

»Ja, wir haben da noch ein paar Ungereimtheiten«, entgegnete Joshua Bähr.

Schlegel seufzte und schloss die Haustür auf. »Dann kommen Sie halt kurz rein. Aber ich habe gleich«, er blickte auf seine Armbanduhr, »einen wichtigen Termin.«

»Ist klar.« Lisa verdrehte die Augen. »Wir ermitteln in einem Mordfall und sind nicht zum Spaß hier.«

Joshua hüstelte, nickte aber zustimmend.

Martina Schlegel kam ihnen in der Diele entgegen und sah die Beamten verwundert an.

»Hallo, Schatz, die Kommissare haben noch ein paar Fragen an uns«, klärte Schlegel seine

Frau auf und drückte ihr einen Begrüßungskuss auf die Wange.

Nachdem Lisa und Joshua gegenüber dem Ehepaar am Esstisch im Wohnzimmer Platz genommen hatten, begann Lisa mit der Befragung.

»Wie gut kennen Sie Larissa Augenstein?«

Sie beobachtete genau die Reaktion der beiden. Es war nicht zu übersehen, dass Alexander Schlegel einige Nuancen blasser wurde und seine Frau die Ober- und Unterlippe fest aufeinanderdrückte.

»Wir sind halt befreundet«, meinte er und schluckte.

Bevor Lisa etwas erwidern konnte, sprang Martina Schlegel auf. »Du bist mit diesem Flittchen befreundet, nicht ich«, keifte sie wutentbrannt.

Fassungslos starrte ihr Mann sie an. »Aber Schatz, was ist denn auf einmal mit dir los?«

»Lass das Geplänkel, ich weiß, dass du dich immer noch mit der Schlampe triffst«, beschimpfte sie ihren Ehemann und rannte aus dem Raum.

Die Tür fiel krachend ins Schloss.

Alexander Schlegel erhob sich ebenfalls, für einen Moment sah es aus, als wolle er Martina hinterherrennen, anscheinend besann er sich doch eines Besseren. Er sah grau im Gesicht aus. Mit der Hand fuhr er sich durch die Haare und stöhnte kurz auf.

Der ist ja völlig erschöpft, dachte Lisa.

»Haben Sie ein Verhältnis mit Larissa Augenstein?« Joshua schaute ihn an.

»Ja, äh …, ich hatte eins«, kam zögernd die Antwort.

»Okay«, übernahm Lisa wieder das Wort. »Frau Augenstein wird seit vorgestern vermisst und könnte sich in Lebensgefahr befinden. Haben Sie eine Ahnung, wo sie sein könnte?«

Schlegel hatte jetzt jegliche Farbe im Gesicht verloren. Er setzte sich wieder hin und vergrub den Kopf in den Händen.

Die Wohnzimmertür öffnete sich und Martina Schlegel kehrte zurück. Sie hatte rotumränderte Augen, machte aber einen gefassten Eindruck. Sie ließ sich auf einen Stuhl fallen, möglichst weit entfernt von ihrem Mann.

»Du musst alles sagen, was du weißt. Schließlich möchtest du nicht verantwortlich sein, wenn Larissa etwas passiert. Oder?« Martina Schlegels Worte klangen bestimmt, fast hart.

Sie scheint gelauscht zu haben, vermutete Lisa.

Erstaunt blickte Alexander Schlegel seine Frau an.

»Was guckst du so? Ich bin ja kein Unmensch

und will nicht Schuld am Tod eines Menschen haben, auch wenn ich den noch so sehr verachte.«

Lisa lächelte Frau Schlegel verständnisvoll an.

Schlegel stierte vor sich hin, dann hob er den Kopf. »Also gut, ich sag Ihnen alles, was ich weiß. Viel ist das allerdings nicht.«

»Okay«, erwiderten Lisa und Joshua wie aus einem Munde und schauten Alexander Schlegel erwartungsvoll an.

»Es ist so, dass Larissa eine Macke hat …«

»Eine Macke?«, rief seine Frau verständnislos aus.

Lisa legte sich den Finger auf ihre Lippen und signalisierte ihr damit, ruhig zu bleiben.

Frau Schlegel nickte.

»Sie hat auf tragische Weise als Kind ihre Schwester verloren«, fuhr ihr Ehemann fort.

»Sie hätte auf Anne aufpassen sollen, war aber einen Moment mit etwas anderem beschäftigt. Währenddessen ist die Kleine auf die Straße gerannt und wurde überfahren. Sie war sofort tot. Larissa selbst war erst neun Jahre alt. Ihre Eltern machten sie für den Tod der kleinen Schwester verantwortlich und ließen sie das ihr Leben lang durch Nichtbeachtung und Vernachlässigung spüren. Larissa ist deswegen früh von zu Hause ausgezogen. Die Mutter ist, glaube ich, irgendwann gestorben und zum Vater hat sie dann endgültig jeden Kontakt abgebrochen. Aber ich habe das Gefühl, dass sie durch die Geschichte ziemlich traumatisiert ist. Sie erwähnte mal, deshalb in psychologischer Behandlung zu sein, diese allerdings frühzeitig beendet zu haben. Auf jeden Fall hatte sie vor, durch eine Zeitreise zu ihrer Schwester in die Römerzeit zu gelangen.«

Frau Schlegel schnaufte laut durch die Nase und schüttelte den Kopf. Joshua zog die Stirn in Falten und schickte ihr einen mahnenden Blick zu. Lisa hütete sich, den Redefluss von Herrn Schlegel zu unterbrechen und wartete.

Einen Moment lang herrschte Schweigen im Raum.

»Sie hatte sich da in so eine Sache verrannt«, sagte Schlegel endlich. »In einem Traum sagte ihre Schwester, dass sie dazu einen der römischen Sandsteinköpfe aus dem Römermuseum bräuchte.« Schlegel rieb sich übers Kinn, wirkte nun etwas unsicher und verlegen.

»Lassen Sie mich raten«, unterbrach Joshua ihn. »Sie haben ihr dabei mit der Vortäuschung eines anaphylaktischen Schocks geholfen?«

»Nein, das heißt ja, aber ich habe das nicht vorgetäuscht. Das geht gar nicht. Ich habe eine Erdnuss gegessen.«

Seine Frau sah aus, als ob sie jeden Moment ausrasten würde. Lisa rechnete es ihr hoch an, dass sie sich zusammennahm. Sie wusste nicht, ob sie sich in so einer Situation hätte beherrschen können.

»Das wird natürlich für Sie noch Konsequenzen haben, aber das interessiert uns im Moment nicht. Jetzt geht es nur um das Leben von Frau Augenstein«, sagte Joshua. »Also fahren Sie bitte fort.«

»Ich hoffe nur, dass ich Larissa jetzt nicht wegen des Diebstahls in eine unmögliche Lage bringe.« Schlegel fuhr sich durch die Haare.

»Da kann ich Sie beruhigen, das wussten wir schon«, besänftigte Lisa ihn.

Schlegel atmete auf und erzählte weiter. »Heiko hat den Diebstahl beobachtet und Larissa damit erpresst.«

Beim Erwähnen dieses Namens setzte Lisa sich kerzengerade hin. Gespannt wartete sie, was da noch kommen würde. Joshua war bestimmt mindestens genauso hellhörig geworden. Es war erneut mucksmäuschenstill im Zimmer, man hätte eine Stecknadel fallen hören.

»Aber da der ja tot ist, kann er nicht für das Verschwinden von Larissa verantwortlich sein«, überlegte Schlegel laut.

»Nein, das kann er nicht«, stimmte Lisa zu. »Haben Sie eine Ahnung, wer Herrn Schönfuss ermordet haben könnte?«

»Nein, aber ich weiß, wer Larissa abgefangen und gesagt hat, dass sie Heiko dazu bringen soll, ihn nicht weiterhin zu erpressen.«

»Was, und das sagen Sie uns erst jetzt?« Joshua stand auf und ging auf und ab. »Um wen handelt es sich?«

»Um Jochen Bezold.«

Lisa sprang auf. »Und womit wurde Bezold erpresst?«

»Keine Ahnung. Das ist alles, was ich weiß. Ehrlich.« Schlegel machte den Eindruck, jeden Moment zusammenzubrechen.

Lisa schaute ihren Kollegen mit hochgezogenen Brauen an und hob die Schultern.

Joshua nickte und wandte sich an das Ehepaar. »Gut, danke, das war es fürs Erste.«

Lisa ging zu Frau Schlegel und legte ihr die Hand auf die Schulter. »Jetzt erholen Sie sich ein bisschen.«

Dann verabschiedete sie sich von Herrn Schlegel und folgte Joshua, der das Haus schon verlassen hatte.

»Puh, jetzt sind wir aber einen gewaltigen Schritt

weiter«, meinte Lisa, nachdem sie ihn eingeholt hatte.

»Allerdings, nicht nur einen Schritt, denke ich, sondern kurz vor der Lösung des Falles.«

»Wobei im Moment natürlich das Wichtigste ist, dass wir Larissa Augenstein finden. Sollte sie am Leben sein und irgendwo gefangen gehalten werden, könnte es kritisch werden, falls sie verletzt ist.«

»Allerdings«, brummelte Joshua grimmig. »Lass uns schnell zu Jochen Bezold fahren.«

»Ja, ich hoffe, er ist daheim. Sollte er was mit der Sache zu tun haben oder gar der Mörder von Heiko Schönfuss sein, dann könnte er schon über alle Berge sein.«

»Wir müssen es auf jeden Fall versuchen. Es ist unsere einzige Spur. Vielleicht erwischen wir wenigstens die Ehefrau.«

Inzwischen waren sie beim geparkten Fahrzeug angekommen, sie stiegen ein und Joshua fuhr sofort los, noch bevor Lisa sich angeschnallt hatte. Sie schwiegen, bis sie die Bergstraße in Singen erreichten, wo die Familie Bezold wohnte.

Lisa klingelte, und es dauerte nur Sekunden, bis die massive Haustür mit Glaseinsatz geöffnet wurde.

Eine Frau mit großen verheulten Augen starrte sie verstört an.

»Wer sind Sie? Was wollen Sie«, fragte sie angstvoll, bevor die Beamten sich vorstellen konnten.

»Mein Name ist Lisa Breuer von der Kriminalpolizei Pforzheim und das ist mein Kollege Hauptkommissar Bähr«, antwortete Lisa und streckte ihr gleichzeitig mit Joshua ihren Ausweis entgegen. »Sind Sie Jasmine Bezold, die Ehefrau von Jochen Bezold?«

Die Frau schluckte und nickte.

»Wir suchen Ihren Mann. Ist er zu Hause?«

»Nein.« Jasmine Bezold brach erneut in Tränen aus. Sie schien vollkommen verzweifelt zu sein.

Kurzentschlossen fasste Lisa sie am Arm und führte sie in den nächsten Raum, der sich als Küche herausstellte. Sanft drückte sie Frau Bezold auf einen Stuhl, öffnete einen der Oberschränke, nahm ein Glas heraus und ging zum Spülbecken. Sie füllte das Glas mit Wasser aus dem Hahn und stellte es vor Frau Bezold hin, die sofort danach griff und es leertrank. Mit gesenktem Kopf starrte sie auf die Tischplatte.

Lisa wartete geduldig, wollte der Frau ein wenig Zeit gönnen, um sich zu sammeln.

Joshua hielt sich im Hintergrund, ihm war wohl klar, dass es wenig Sinn hätte, sie zu drängen.

Nach einer Weile, die Lisa sehr lang vorkam, hob Jasmine Bezold den Kopf.

»Er ist weg. Er muss verrückt geworden sein.«

»Wer ist weg? Ihr Mann?«, hakte Lisa vorsichtig nach.

»Ja, er hat mir alles gestanden. Er hat mich betrogen, hintergangen und jetzt auch noch die Kinder und mich im Stich gelassen.«

Erneut schluchzte sie auf. Blonde Strähnen hingen ihr wirr ins Gesicht.

Lisa legte ihr eine Hand auf die Schulter, was sogleich wirkte. Frau Bezold beruhigte sich wieder.

»Wo ist Ihr Mann jetzt? Und wo sind die Kinder«, fragte sie sanft.

»Die zwei sind bei einer Nachbarin. Und … mein Mann … ist auf der Flucht. Er möchte ins Ausland. Das hat er mir alles noch gebeichtet, bevor er gegangen ist«, stammelte Frau Bezold.

Nun konnte Joshua wohl nicht mehr an sich halten und mischte sich ein. »Hat Ihr Mann Heiko Schönfuss umgebracht?«

»Ja«, presste Frau Bezold hervor. »Der hat ihn erpresst, dass er mir von seinem Verhältnis mit einer anderen erzählen würde, wenn er ihm nicht Schweigegeld bezahlt. Aber Jochen hätte den Betrag niemals aufbringen können, ohne dass ich es mitbekommen hätte. Schließlich mache ich die Buchhaltung in unserer Firma. Wäre er ehrlich zu mir gewesen, hätte ich ihm vielleicht verzeihen können. Aber so«, sie hob sie Schultern, »hat er mit dem Mord unsere ganze Familie zerstört.«

Jetzt war es mit ihrer Beherrschung endgültig vorbei. Sie war kurz vor einem Nervenzusammenbruch, zitterte unkontrolliert am ganzen Körper.

Lisa überlegte fieberhaft, was sie tun sollte.

»Ich hole jetzt einen Arzt. Okay?«, fragte sie.

Frau Bezold holte tief Luft, stöhnte auf, nickte dann aber und wischte sich mit dem Ärmel über die Augen.

»Eine Frage hätte ich noch. Es geht um Larissa Augenstein. Kennen Sie die Frau? Sie ist verschwunden und Ihr Mann steht in Verdacht, etwas damit zu tun zu haben.«

Fassungslos schüttelte Frau Bezold den Kopf. »Der Name sagt mir nichts. Ich … ich …«

Sie ließ den Kopf auf die Tischplatte sinken, und Lisa war klar, dass mit der Frau kein Gespräch mehr möglich war.

Joshua hatte sich in die Diele zurückgezogen,

um im Kommissariat anzurufen. Lisa hörte, dass er dem Chef in knappen Worten die Situation erklärte und ihn bat, eine Fahndung nach Jochen Bezold rauszugeben, der sich aller Wahrscheinlichkeit nach auf einem Flughafen befand.

»Wir hoffen, es ist noch nicht zu spät«, sagte er leise. »Es war nicht mehr möglich, von seiner Frau die Auskunft zu bekommen, wann ihr Mann gegangen ist. Sie hat einen Nervenzusammenbruch und stammelt nur noch unzusammenhängende Sätze. Bezold könnte vielleicht unter falschem Namen unterwegs sein, wobei ich mir nicht vorstellen kann, wo er so schnell eine andere Identität hätte herbekommen sollen.«

Joshua beendete das Gespräch und kam ins Wohnzimmer. Dort hatte Lisa Frau Bezold aufs Sofa gesetzt und ihr eine Decke umgelegt. Sie selbst hatte auf einem Sitzwürfel vor ihr Platz genommen und redete beruhigend auf sie ein.

»Ich habe ihren Hausarzt ausfindig gemacht und angerufen. Er müsste gleich eintreffen«, erklärte sie Joshua. »Außerdem habe ich unsere Notfallbetreuung informiert. Die kommen ebenfalls, so schnell sie können. So lange bleibe ich hier. Du kannst ruhig nach Pforzheim fahren und die Soko ›Spinne‹ zusammenrufen und auf den neuesten Stand bringen.«

»Okay, mehr können wir im Moment sowieso nicht tun. Die Fahndung läuft. Wie kommst du dann später aufs Revier?«

»Klaus oder einer seiner Kollegen vom Remchinger Polizeiposten werden mich fahren.«

»Alles klar. Bis später.«

»Tschüss.«

Was für eine Wendung, dachte Lisa.

...

Die Soko ›Spinne‹ hatte sich, nachdem Lisa und ihr Kollege eingetroffen waren, im Besprechungsraum versammelt. Peter Baumann berichtete, dass die Fahndung nach Jochen Bezold auf Hochtouren lief, dieser aber bis jetzt noch unauffindbar war.

»Ich gehe davon aus, dass er vorhat, einen Flug von Frankfurt nach Kuba zu nehmen, weil dort kein Auslieferungsabkommen besteht«, fuhr der Chef fort. »Allerdings könnte er auch unter falschem Namen in einer der zwei Maschinen sitzen, die schon gestartet sind. Unter Bezold war er nicht gemeldet. Alle Flughäfen in Deutschland sind informiert worden. Es finden immer noch verstärkte Kontrollen statt. Wir wissen ja nicht genau, was er vorhat.«

»Aus seiner Frau war leider nichts mehr herauszubekommen«, äußerte sich Lisa resigniert. »Von Larissa Augenstein hat sie bisher weder etwas gehört noch sie jemals gesehen. Zumindest hat sie uns noch erzählt, dass ihr Mann Heiko Schönfuss getötet hat. Darüber können wir froh sein. Wir sind gerade im richtigen Moment gekommen, ihr Hass war grenzenlos.«

»Leider können wir sonst nicht viel tun«, meldete sich Joshua zu Wort.

»Das ist ja das Schlimme, in dieser Zeit kann Frau Augenstein schon am Ende ihrer Kräfte sein oder ihren Verletzungen erliegen, wenn sie überhaupt noch am Leben ist«, räumte Lea ein.

Lisa nickte zustimmend und kratzte sich nachdenklich am Kopf.

Jörg Sebastian und Frank Rippberger machten ebenfalls betrübte Gesichter.

Die Stimmung in der gesamten Soko war auf dem Tiefpunkt.

»Leider muss ich dir recht geben, Lea.« Baumann sah mitgenommen aus. »Im Moment sind uns die Hände gebunden. Deshalb würde ich sagen, ihr geht alle für ein paar Stunden nach Hause, ruht euch aus und bleibt in Bereitschaft. Sobald es irgendeinen Hinweis gibt, wo sich die Vermisste befinden könnte, melde ich mich. Vielleicht schnappen die Kollegen den mutmaßlichen Mörder von Heiko Schönfuss, der uns dann hoffentlich verraten wird, was er mit der Frau gemacht hat.«

»Wir wissen doch gar nicht genau, ob er überhaupt etwas mit ihrem Verschwinden zu tun hat«, gab Rippberger zu bedenken. »Die Frau ist doch anscheinend nicht ganz zurechnungsfähig.«

»Das stimmt.« Joshua nickte. »Aber es ist davon auszugehen. Sollte sich herausstellen, dass sie freiwillig untergetaucht ist, dann ist es das kleinere Problem. Wenn sie aber stirbt, weil wir die Sache nicht ernst nehmen, dann ist das eine Katastrophe.«

Alle Beteiligten gaben ihm recht und Rippberger stimmte schließlich ebenso zu.

»Also, ich würde sagen, geht nach Hause und erholt euch ein bisschen. Die Nacht kann lang werden«, sagte Baumann.

Alle erhoben sich und verließen den Raum.

Lisa zögerte, sie hatte plötzlich eine Eingebung, aber es war nur so ein Gedanke, sozusagen Intuition. Sie hatte keinerlei Beweise. Allerdings hatte sie versprochen, nie mehr etwas im Alleingang zu tun. Sie entschloss sich, zunächst nach Hause, besser gesagt zu Klaus zu fahren und mit ihm darüber zu sprechen.

Mit gemischten Gefühlen klingelte sie bei ihrem Lebensgefährten. Sie hatte ihren Schlüssel vergessen. Sie hatten sich nach ihrem Streit nur einmal kurz bei der Übergabe von Mia gesehen.

Klaus öffnete die Tür und runzelte die Stirn.

»Hi, Lisa, warum klingelst du?«

Zögernd trat sie ein. »Ich habe heute Morgen den Schlüsselbund zu Hause liegen gelassen. Du weißt ja, dass ich fürs Auto eine Schlüsselkarte habe, die steckt immer in meiner Tasche. So ist es mir nicht aufgefallen.«

Sie schüttelte über sich selbst den Kopf. Seufzte, machte einen Schritt auf ihren Freund zu und schlang die Arme um seinen Hals. »Es tut mir leid«, murmelte sie in sein Ohr.

Klaus schob sie etwas von sich, aber Lisa sah, dass er Mühe hatte, sich ein Lächeln zu verkneifen.

So war er eben. Nie nachtragend.

»Was tut dir leid?« wollte er wissen. »Dass du so böse zu mir warst? Oder dass du nicht mit mir zusammenziehen möchtest?«

»In erster Linie, dass ich mich so unmöglich benommen habe. Lass uns aber bitte in Ruhe darüber reden. Okay?«

»Und wann soll das sein? Haben wir jetzt keine Zeit dazu?« Er schien etwas ungehalten.

»Nein«, entgegnete Lisa bestimmt.

»Nein?«

»Nein!« Sie setzte zu einer Erklärung an. »Es ist nämlich so …« Sie holte tief Luft. »Ich habe da so ein Gefühl …«

»Oh, nein.« Klaus hob abwehrend seine Hände. »Du hast aber nicht wieder vor, etwas im Alleingang zu ermitteln?«

»Nein, das habe ich nicht, denn ich möchte dich bitten, mich zu begleiten.«

Er sah sie fassungslos an. »Nicht schon wieder! Hast du denn vergessen, dass dich ein solcher Einsatz letztes Jahr fast das Leben gekostet hat?«

»Das habe ich nicht, aber dieses Mal besteht keine Gefahr. Der Täter ist flüchtig. Es geht lediglich darum, Larissa Augenstein lebend zu finden.«

»Und wo soll das sein? Ich nehme an, du hast Bähr oder Baumann nicht darüber informiert. Oder? Warum nicht?«, fragte Klaus resigniert.

»Weil ich null Beweise habe und die Kollegen ohne Durchsuchungsbeschluss nichts unternehmen können. Und was meinst du, wie lange das dauert, bis sie den Staatsanwalt von der Notwendigkeit überzeugt haben. Ich vermute, dass Larissa im Haus von Heiko Schönfuss gefangen gehalten wird.«

»Wie kommst du darauf?« Klaus runzelte die Stirn.

»Es ist so ein Gefühl. Nicht mehr und nicht weniger. Dort laufen doch alle Fäden zusammen. Was haben wir schon zu verlieren, wenn wir nachschauen, ob an meiner Intuition irgendetwas dran ist? Bis die Kollegen Jochen Bezold geschnappt haben, kann die Frau längst tot sein, wenn er überhaupt sagt, wo er sie versteckt hat.«

Klaus sah sie nachdenklich an und seufzte resigniert auf. »Dann lass uns keine Zeit verlieren.«

Lisa fiel ihm erneut um den Hals. »Du bist der Beste.«

»Das wird sich noch rausstellen.«

Lisa war erleichtert, hörte ihm aber an, dass er von dem Vorhaben nicht überzeugt war.

Kurz darauf

Larissa

Sie traut ihren Augen nicht. Sie ist wieder vor dem Herrenhaus auf dem Niemandsberg. Keine drei Meter von ihr entfernt steht ihre Schwester Anne und strahlt sie an. »Lari, wie schön, du bist endlich da«, sagt sie mit sanfter Stimme.

Wie toll sie mit ihren langen glänzenden Haaren aussieht. Selbst in der einfachen Tunika gleicht sie einem Model. Und so jung wirkt sie. Wahrscheinlich ist hier bei den Römern die Zeit stehen geblieben.

»Komm her, lass dich umarmen. Jetzt darfst du für immer bei mir bleiben.« Anne lächelt und breitet die Arme aus.

Larissa kann ihr Glück kaum fassen. Ist sie vielleicht schon tot und befindet sich im Himmel, nachdem sie in dem Keller gestorben ist?

Ein Geräusch drang an Larissas Ohr, das nicht zu diesem Ort passte, an dem sie eben noch war.

Nur mühsam kam sie zu sich. Kämpfte sich aus dem Dämmerschlaf ins Bewusstsein zurück. Sie brauchte eine Weile, bis ihr klar wurde, wo sie war. Was war das für ein Geräusch gewesen,

203

das sie geweckt hatte. Oder hatte sie das nur geträumt?

Sie glühte. Hatte sie Fieber? Ihr Mund und der gesamte Hals waren wie ausgedörrt. Sie konnte sich kaum bewegen. War da jemand im Haus? Und wer konnte das sein? War das gut oder schlecht für sie? Sie musste es versuchen. Sie hatte nur diese eine Chance.

Sie nahm ihre ganze Kraft zusammen und rief, so laut sie konnte, um Hilfe. Es kam aber nur ein heiseres Krächzen aus ihrem Mund. Sie lauschte. Bestimmt hatte sie sich getäuscht. Da war nichts zu hören.

Erschöpft ließ sie ihren Kopf zurückfallen und dämmerte wieder in eine andere Welt hinüber.

Zur selben Zeit

Klaus

»Du bleibst bitte hier«, flüsterte Klaus und drehte sich zu Lisa um, die hinter ihm durch den Garten von Heiko Schönfuss schlich.

»Auf keinen Fall«, zischte sie ihm wütend zu. »Ich lass dich doch nicht alleine da reingehen, das war meine Idee. Außerdem, was soll denn da für eine Gefahr sein? Wir haben es schließlich nicht mit der Mafia zu tun.«

Klaus seufzte. »Dann komm halt, aber bleib hinter mir.«

Er war froh, dass er seinen Kollegen Max über ihr Vorhaben informiert hatte. Man sollte an alles denken. Wenn ihnen etwas passieren würde, war wenigstens noch Mias Vater für die Kleine da. Seiner Lebensgefährtin schien bei solchen Aktionen jegliche Vorsicht abhandenzukommen.

Inzwischen hatten sie die Terrasse erreicht. Obwohl hier keine Lampen leuchteten, war die Umgebung gut sichtbar. Der Vollmond strahlte an diesem Abend von einem wolkenlosen Himmel.

Ein Hund bellte. Lisa zuckte zusammen.

Klaus legte ihr beruhigend die Hand auf die Schulter. Er sah sofort, dass die Glastür eingeschlagen worden war. Es fehlte gerade so viel Glas, dass man mit der Hand hineingreifen und die Tür aufschieben konnte.

Jetzt war sie etwas geöffnet, sodass es möglich war, nacheinander hineinzugehen.

»Psst, siehst du das?« Klaus deutete zur Terrassentür.

»Klar, ich bin ja nicht blind«, flüsterte Lisa.

Klaus machte sich bewusst, dass Lisa eine fähige Polizeibeamtin war und er sie für diese Aktion auch als solche einzuordnen hatte.

Seine Gefühle und Sorge um sie musste er ab sofort einstellen.

Er schluckte und griff nach seiner Waffe, die er glücklicherweise, genau wie Lisa, dabeihatte.

Es war durchaus möglich, dass sich eine fremde Person im Haus befand. Und das hätte nichts Gutes zu bedeuten. Oder aber die Terrassentür war von Bezold eingeschlagen worden. Das wäre die ungefährlichste Variante.

Nun gab es kein Umkehren mehr, Klaus musste handeln. Es konnte auch Gefahr im Verzug sein. Mit der Pistole in der Hand sicherte er sich aufmerksam nach allen Seiten ab. Im Wohnzimmer war es ruhig, er konnte keine weitere Person ausmachen.

Lisa befand sich dicht hinter ihm, er spürte ihren Atem im Nacken. Er schlich Richtung Diele und erstarrte, als Lisa plötzlich schrie.

»Polizei, Hände hoch und kommen Sie vor!«

Dann gab es einen lauten Knall, und er sah einen Gegenstand auf sich zufliegen. Er hatte zuvor nicht viel erkennen können, da sie vermieden hatten, ihre Taschenlampen anzuschalten. Inzwischen hatten sich seine Augen an die geringe Helligkeit gewöhnt, die von draußen durch den Mond kam.

Im selben Moment nahm Klaus einen Schatten wahr, der an ihm vorbeihuschen wollte, und drückte auf den Auslöser seiner Waffe.

Die flüchtige Person, er war jetzt sicher, dass es sich um einen Mann handelte, schrie auf. Er musste ihn wohl getroffen haben, der Kerl rannte aber trotzdem weiter.

Klaus sah, wie Lisa von der Seite her auf den Mann sprang und ihn mit dem Gesicht nach unten auf den Boden warf.

Sie drehte seine Hände auf den Rücken, kniete sich auf ihn und hielt seine Handgelenke fest. Klar, sie war ja nicht im Dienst und hatte somit weder Handschellen noch Kabelbinder dabei.

Klaus hatte sich wieder gefangen. Es war nicht davon auszugehen, dass sich noch weitere Personen im Haus befanden.

Er eilte zum Lichtschalter und betätigte ihn. Grelle Helligkeit erleuchtete den Raum.

»Lassen Sie mich um Himmels willen los. Ich habe nichts verbrochen«, erklang die Stimme von Alexander Schlegel.

»Was um alles in der Welt tun Sie hier?«, herrschte Klaus ihn an, während er Lisa am Arm griff und ihr beim Aufstehen half. »Ich hätte Sie töten können.«

Er angelte sein Handy aus der Tasche, um den Rettungswagen zu rufen, da Schlegel am Arm blutete. Glücklicherweise schien es sich nur um einen Streifschuss zu handeln. Die Kugel war in die Wand des Wohnzimmers eingeschlagen. Dennoch blutete die Wunde recht stark.

Geistesgegenwärtig sprang Lisa auf, griff nach dem Tischläufer auf dem Esstisch und wickelte ihn um Schlegels Arm. Bevor sie dazu kamen, Schlegel zu befragen, stürmten plötzlich mehrere Personen durch die Haustür herein.

Fassungslos starrten sie beide Joshua Bähr und Jörg Sebastian an.

Dann sah Lisa Klaus an, und er senkte schuldbewusst den Blick.

Lisa müsste es spätestens jetzt klargeworden sein, dass es das einzig Richtige gewesen war, den Kollegen vorher Bescheid zu sagen.

»Das wird Folgen für dich haben«, rief Bähr ihr hinterher, als sie an ihm vorbeirauschte.

Es dauerte nur einen Augenblick, da erklang ihre Stimme von unten. »Ich bin im Keller. Wir brauchen einen zweiten RTW. Larissa Augenstein ist hier und es geht ihr nicht gut. Sie hat nur noch eine ganz flache Atmung. Außerdem glüht sie. Sie muss hohes Fieber haben.«

Klaus hörte, wie Sebastian einen zweiten Rettungswagen anforderte und half dem Verletzten dabei, sich aufs Sofa zu setzen. »Was um alles in der Welt tun Sie hier?«, fragte er zum zweiten Mal.

»Ich hatte gehofft, Larissa hier zu finden«, entgegnete Schlegel zerknirscht.

»Da hätten Sie doch die Polizei rufen können.« Klaus schüttelte den Kopf.

»Das ist richtig«, mischte sich Joshua Bähr ein. »Das gilt aber für alle Beteiligten.«

»Wir sind die Polizei.« Klaus sah den Calwer Kollegen unsicher an.

»Darüber reden wir später. Das wird ein Nachspiel haben.« Er schien ziemlich wütend zu sein.

Klaus zog es vor, nichts mehr zu sagen. Nun konnte man schon die Sirene eines Rettungswagens hören.

Samstagabend

Lisa

Eine Stunde später kam Lisa in Begleitung von Klaus im Kriminalkommissariat an. Die Stimme ihres Chefs dröhnte ihnen schon entgegen, als sie aus der Schleuse traten.

»Komm in mein Büro. Sofort!«

So wütend hatte Lisa ihn noch nie erlebt. Hilfesuchend sah sie ihren Freund an, der zuckte nur mit den Schultern und legte ihr beruhigend seine Hand auf den Arm. »Da musst du jetzt durch, da hilft alles nichts. Ich gehe solange in euren Aufenthaltsraum.« Und weg war er.

Lisa seufzte und begab sich in die Höhle des Löwen.

Joshua Bähr, der schon vor ihr eingetroffen war und dem Leiter des Kriminalkommissariats gegenüber saß, senkte den Blick, als sie ihn ansah, bevor sie sich setzte.

Peter Baumann räusperte sich. »Was hast du dir nur dabei gedacht? Hast du denn nichts aus dem letzten Fall gelernt?« Er schüttelte den Kopf.

Als Lisa schwieg, fuhr er fort: »Ich höre. Erkläre es mir.«

»Was soll ich sagen. Es war so ein Gedanke,

eine Eingebung, dass sich Larissa Augenstein dort befinden könnte. So war es ja auch«, fügte sie hinzu und presste trotzig die Lippen aufeinander.

»Ja, aber du hättest mit deiner Intuition auch zu mir oder zu Herrn Bähr kommen können.«

»Dann wäre es vielleicht zu spät für die Frau gewesen.«

»Nein, wäre es nicht«, entgegnete Baumann barsch. »Jochen Bezold wurde am Frankfurter Flughafen geschnappt. Er wollte sich tatsächlich nach Kuba absetzen. Er war allerdings gleich geständig und hat uns verraten, wo sich Larissa Augenstein befindet. Er war nahe an einem Nervenzusammenbruch und meinte, dass er das, sobald er in Sicherheit gewesen wäre, gemeldet hätte. Dass es dann für sein Opfer hätte zu spät sein können, soweit habe er nicht gedacht. Er sagte, jetzt wäre eh alles egal, weil er seine Familie so oder so verloren habe. Sein Leben sei sowieso vorbei.«

Lisa sah Baumann mit großen Augen an. »Das konnte ich ja nicht wissen.«

»Natürlich nicht, aber du hättest das nicht im Alleingang tun dürfen.«

»Habe ich nicht, Hauptkommissar Kübler war dabei.«

Baumann zog die Augenbrauen hoch. »Du

weißt, was ich meine. Jetzt hör mal auf, die Tatsachen zu verdrehen.«

Er ist wirklich wütend, schoss es Lisa durch den Kopf.

Baumann erhob sich. »Das kann ich dieses Mal nicht durchgehen lassen, du bekommst eine Abmahnung.«

Lisa fühlte, wie ihr die Hitze ins Gesicht stieg. Bestimmt war sie krebsrot geworden. Sie stand ebenfalls auf und hoffte, dass sie endlich gehen konnte.

Der Chef redete weiter, schien aber nun etwas milder gestimmt. »Jochen Bezold ist gerade mit den Kollegen auf dem Weg hierher. Morgen früh werden wir ihn verhören. Das wirst allerdings nicht du übernehmen, sondern Herr Bähr und Frank Rippberger. Da erwarte ich keine Probleme, da Bezold schon alles zugegeben hat. Er wird dann anschließend nach Heimsheim in Untersuchungshaft gebracht und wir können den Fall abschließen. Jetzt machen wir für heute Feierabend. Es ist ja schon Mitternacht«, stellte er fest.

Lisa sah, dass Joshua den Raum verließ. Schleunigst folgte sie ihm, würdigte ihn im Gang keines Blickes und rauschte an ihm vorbei.

Im Grunde war es ihr bewusst, dass er nicht schuld an der Abmahnung war, aber sie hatte jetzt absolut keine Lust mehr auf Auseinandersetzungen.

...

Lisa lag auf dem Sofa und hatte ihren Kopf in Klaus' Schoß gelegt. Er streichelte ihr sanft über die Haare. Sie war unglaublich müde, die Wut auf ihren Chef war verraucht. Sie wusste, dass er recht hatte. Niemals hätte sie so unprofessionell handeln dürfen.

Als hätte ihr Lebensgefährte ihre Gedanken erraten, meinte er: »Schatz, es ist nichts passiert. Wir konnten nicht wissen, dass Larissa Augenstein auch ohne unser Zutun gerettet worden wäre.«

»Du meinst, ich konnte es nicht ahnen, denn du wolltest zuerst ja gar nicht mitmachen«, entgegnete sie zerknirscht.

»Das ist doch jetzt unwichtig. Hauptsache, die Frau ist in Sicherheit.«

»Stimmt, sie ist im Krankenhaus und wird wohl in den Nordschwarzwald in die psychiatrische Klinik gebracht, sobald klar ist, dass sie physisch gesund ist. Im Moment bekommt sie erst einmal Flüssigkeit, da sie vollkommen dehydriert war. Außerdem hat sie hohes Fieber, was auf eine Lungenentzündung zurückzuführen ist. Wahrscheinlich war sie schon vorher angeschlagen und die Kälte da unten hat ihr den Rest gegeben. Außerdem wurde bei ihr eine Gehirnerschütterung diagnostiziert.«

Überrascht schaute Klaus sie an. »Woher weißt du das alles?«

»Joshua hat mich vorhin angerufen, als du im Bad warst.«

Ihr Freund runzelte die Stirn. »Joshua? Soso.«

»Hey, du wirst doch nicht noch immer eifersüchtig auf ihn sein. Da ist nichts.«

Klaus schluckte. »Aber es reicht schon, dass da letztes Jahr was war. Und er scheint immer noch auf dich zu stehen.«

»Möglich, aber du weißt doch, dass ich nichts für ihn empfinde und nur dich liebe. Ist das nicht genug?« Lisa lächelte, setzte sich auf und umarmte ihn. »Übrigens, ich habe mir überlegt, dass ich gerne mit dir zusammenziehen möchte.«

Sie wartete gespannt auf seine Reaktion, die nicht lange auf sich warten ließ.

Er sprang auf und strahlte, dann fiel er vor ihr auf die Knie.

Sie zog die Stirn kraus und sagte gespielt verzweifelt: »Nicht, dass du mir jetzt einen Heiratsantrag machst, das wäre zu viel des Guten.«

»Nein, wo denkst du hin, ich freue mich nur so.«

Er grinste, stand auf, ließ sich wieder neben ihr nieder und legte den Arm um ihre Schultern.

Nun war Lisas Müdigkeit wie weggeblasen. »Weißt du, inzwischen finde ich es ganz gut, dass Ame…, meine Mutter in Remchingen bleibt. Wir vertragen uns jetzt wirklich gut und sie ist uns eine große Hilfe mit Mia. Die kleine Maus ist heute sofort eingeschlafen, als ich sie hingelegt habe. Die beiden hatten einen abwechslungsreichen Tag.«

Lisas Tochter schlummerte tief und fest in ihrem Reisebett im Schlafzimmer.

»Ich fände es am besten, wenn Amelie meine Wohnung übernehmen würde und wir uns was Größeres suchen. Solange haben wir ja hier unseren Rückzugsort«, fuhr sie fort.

Klaus hatte mit großen Augen zugehört. »Woher kommt denn der Sinneswandel?«

»Hm, ich brauche halt immer eine Weile, um zu sehen, was gut für mich ist.« Sie grinste, wurde aber gleich wieder ernst. »Ich hoffe nur, dass unsere Aktion für dich keine Folgen hat. Es reicht, dass ich eine Abmahnung bekommen werde.«

»Warten wir's ab. Und wenn, dann ist das halt

so. Damit kann ich leben, wenn sonst nichts Schlimmeres passiert.«

Lisa nickte. »Joshua hat übrigens angerufen, um sich bei mir zu entschuldigen. Aber es ist ja klar, dass er Baumann informieren musste. Übrigens hat Max die Kollegen überhaupt nicht informiert. Er hat sich selbst auf den Weg gemacht, um nach uns zu schauen. Als er ankam, hat er gesehen, dass schon ein Polizeifahrzeug vor dem Haus parkte und ist dann schnell weitergefahren.«

»Siehst du, es war auf jeden Fall eine gewisse Sicherheit, dass ich ihn informiert habe.«

»Du hast recht. In Zukunft werde ich nicht mehr so unüberlegt handeln. Ich verspreche es dir.«

Der Blick ihres Freundes sprach Bände. So ganz nahm er ihr dieses Versprechen wohl nicht ab.

»Lass uns schlafen gehen, morgen wird es noch einmal anstrengend«, sagte er nur.

Lisa gähnte und stimmte zu.

Sonntag, 3. Juli

Joshua Bähr

Hauptkommissar Joshua Bähr und Oberkommissar Rippberger saßen Jochen Bezold im Verhörraum gegenüber. Der Verhaftete war nur noch ein Schatten seiner selbst. Er verzichtete weiterhin auf einen Anwalt.

Nachdem Joshua ihn auf seine Rechte hingewiesen und auf den Knopf des Aufnahmegeräts gedrückt hatte, begann er das Verhör.

»Sie geben also zu, Heiko Schönfuss mit einem Draht erdrosselt zu haben?«

Bezold nickte nur. Inzwischen war er so grau wie die Wand des Zimmers.

»Bitte sagen Sie laut und deutlich, dass Sie es zugeben«, forderte Joshua ihn auf.

»Ich gebe zu, dass ich Heiko Schönfuss umgebracht habe«, kam Jochen Bezold der Aufforderung nach.

»Was war das Motiv?«

Bezold fuhr sich mit der Hand übers Gesicht und erwiderte leise: »Ich kann es selbst nicht mehr nachvollziehen. Ich wollte meine Familie nicht verlieren. Heiko hat mich damit erpresst, dass er meiner Frau von meinem Verhältnis zu einer anderen erzählen will, wenn ich ihm nicht fünfzigtausend Euro Schweigegeld bezahle. Das hat der ständig mit irgendjemand gemacht. Nur, dass das denjenigen nicht wehgetan hat, die haben anstandslos die gewünschten Beträge bezahlt, da sie Geld wie Heu haben. Ich habe da so einiges mitbekommen. Aber ich hätte diesen Betrag nie aufbringen können, schon gar nicht, ohne dass Jasmine davon etwas mitbekommen hätte.«

Als die Polizeibeamten ihn nur sprachlos anstarrten, fuhr er fort: »Ich weiß, dass das keine Entschuldigung ist. Nun habe ich alles verloren.«

»Zumindest wird es zu Ihrem Vorteil sein, dass sie alles gestehen«, sagte Rippberger.

»Wieso haben Sie Larissa Augenstein überwältig und in den Keller von Herrn Schönfuss gesperrt?«, fragte Joshua.

»Weil sie vermutet hat, dass ich Heiko umgebracht habe und sie mich anzeigen wollte.«

»Wir haben sie im letzten Moment retten können. Was haben Sie sich dabei gedacht?«

»Da konnte ich kurzfristig nicht mehr klar denken. Das habe ich gleich danach bereut, konnte es aber nicht mehr rückgängig machen. Ich hatte vor, sobald ich im Flugzeug sitze, bei der Polizei anzurufen und Bescheid zu geben, wo sich die Frau befindet.«

Joshua schüttelte verständnislos den Kopf. »Hm, wie kam es überhaupt, dass sich Frau Augenstein und Sie in dem Haus befanden?«

»Ich habe sie herbestellt, um mit ihr zu reden.«

»Und was wollten Sie mit ihr besprechen?«

Bezold stand der Schweiß auf der Stirn. Joshua befürchtete, dass er jeden Moment vom Stuhl fallen könnte.

Nach längerem Schweigen hob Bezold den Kopf. »Ich glaube, ich möchte jetzt doch lieber einen Anwalt. Ich sage nichts mehr.«

Joshua seufzte. »Okay, aber Sie haben doch schon gestanden. Morgen werden Sie dem Haftrichter vorgeführt. Nun gut, wir beenden das hier erst einmal und warten, bis der Anwalt da ist.«

Die Beamten ließen Bezold von einem Polizisten zurück in die Zelle bringen und gingen langsam zum Büro des Chefs.

»Irgendetwas verschweigt er uns doch noch«, sagte Rippberger.

»Das denke ich auch.« Nachdenklich schaute Joshua seinen Kollegen an. »Aber den Mord hat er gestanden und auch, dass er Larissa Augenstein überwältigt und im Keller gefangen gehalten hat. Also, viel kann das nicht sein. Ich vermute, dass er einfach Angst hat, sich noch mehr zu belasten. Da wird schon noch was sein, das seinen Gefäng-

nisaufenthalt verlängern könnte. Aber das wird
sich dann in der Untersuchungshaft herausstellen.
Sobald Frau Augenstein vernehmungsfähig ist,
werden wir auch ihre Seite erfahren. Im Moment
haben wir unsere Arbeit erledigt. Der Fall ist ab-
geschlossen und die Frau gerettet. Vor ein paar
Tagen hätten wir uns das nicht träumen lassen.«

»Stimmt«, gab Rippberger dem älteren Kollegen recht.

Sonntagabend

Lisa

Nachdem Lisa ihre Tochter ins Bett gebracht hatte, setzte sie sich an den gedeckten Tisch.

Sie war direkt nach der Arbeit zu ihrem Lebensgefährten gefahren. Mias Vater war heute mit der Kleinen im Karlsruher Zoo gewesen und wollte sie eigentlich nur bei Klaus abliefern, der ihn dann aber zum Abendessen einlud. Max stimmte freudig zu.

»Was gibt es denn?«, fragte er. »Ich bin wirklich hungrig und es riecht so verführerisch.«

»Kartoffelgratin und Rindersteaks.«

Klaus grinste und auch Lisa musste schmunzeln. Ihr war klar, dass Max spätestens bei dieser Antwort seine gesamten Pläne für den Abend geändert hätte, wenn er etwas vorgehabt hätte.

Zu dritt saßen sie am Esstisch und genossen schweigend das Abendessen. Danach erhob sich Klaus.

»Möchtet ihr einen Wein trinken?«, fragte er, während er den Tisch abräumte.

»Gerne. Hast du Rotwein?«, wollte Max wissen.

Lisa schüttelte abwesend den Kopf.

»Klar hab ich Rotwein. Was ist mit dir? Möchtest du nichts?« Fragend schaute Klaus sie an.

»Nein, ich bin müde.«

»Und sonst ist alles okay?«

»Ja, mich beschäftigt nur das Geständnis von Jochen Bezold«, entgegnete sie nachdenklich.

Klaus holte Weingläser aus dem Sideboard im Wohnzimmer und den Wein aus der Küche.

»Was ist mit dem Geständnis?«, fragte Max.

»Das lief mir alles zu glatt. Warum hat der Mann erst sofort alles gestanden und dann doch nach einem Anwalt verlangt? Natürlich steht ihm der zu, aber warum war er plötzlich so verunsichert?«

»Das habe ich mich auch gefragt«, äußerte sich Klaus, der sich, nachdem er den Wein eingeschenkt hatte, wieder hinsetzte. Lisa hatte ihm schon am Telefon von dem Verhör erzählt.

Jetzt schaute sie ihren Ex-Freund an, der mit gerunzelter Stirn den Kopf schüttelte. »Weil er es vielleicht überhaupt nicht war?«, meinte Max und zog die Augenbrauen hoch. »Es könnte doch sein, dass er jemanden schützen möchte. Auf einen Anwalt will er aber doch nicht verzichten, um bestmöglich aus der Sache rauszukommen.«

»Daran habe ich auch schon gedacht.« Lisa sprang auf. Plötzlich war sie wieder hellwach.

»So was macht man aber nur für jemanden, der einem viel bedeutet.«

Aufgeregt ging sie im Zimmer auf und ab. »Da fällt mir nur eine Person ein«, fuhr sie fort.

»Wen hast du im Sinn?« Max hatte die Augen aufgerissen und starrte Lisa an.

»Du meinst seine Frau?«, sagte Klaus.

Lisa nickte. Mit Blick auf die Uhr stellte sie fest, dass sie um diese Zeit weder ihren Chef, noch Joshua mit dieser Erkenntnis stören wollte.

»Morgen ist auch noch ein Tag. Und Fluchtgefahr besteht nicht. Jasmine Bezold fühlt sich sicher. Außerdem haben wir dann auch das Ergebnis der Speichelprobe von ihrem Mann. Dann brauchen wir nur noch ihre DNA. Ich gehe jetzt schlafen.«

Mit diesen Worten verschwand sie im Schlafzimmer.

Freitag, 1. Juli

Rückblick
Jasmine Bezold

Jasmine Bezold runzelte die Stirn und starrte ihren Mann an, der wie ein Häufchen Elend auf der Couch saß und sein Gesicht mit den Händen bedeckte. Er hatte sie nicht vom Einkaufen zurückkommen gehört.

Als sie ihn ansprach, zuckte er zusammen. Sie setzte sich neben ihn.

»Was ist los? Du warst gestern den ganzen Tag so komisch. Ist was passiert? Du kannst mir doch alles erzählen.«

Aus glasigen Augen blickte er sie an. »Alles? Ich glaube nicht, dass du das hören möchtest.«

Ein ungutes Gefühl breitete sich in ihrer Magengegend aus. Schon seit Wochen dachte sie, dass irgendetwas nicht stimmte. Sie wusste, dass Jochen eine Geliebte hatte, aber sie hatte es bewusst verdrängt. Selbst wenn es wahr wäre, was der verdammte Heiko ihr gesagt hatte, würde es nicht von Dauer sein, redete sie sich ein. Schließlich hatten sie ein Geschäft zusammen und da waren ja noch die Kinder. Sie liebte ihren Mann und würde alles für ihn tun.

Aber als sie ihn nun so unglücklich sitzen sah, bekam sie Angst, regelrecht Panik. Sie kniete vor ihm nieder, legte ihre Hand an seine Wange und streichelte ihn. Erschrocken bemerkte sie, dass sein Gesicht tränennass war.

»Jetzt rede doch«, forderte sie ihn sanft auf.

»Ich habe eine Riesendummheit gemacht«, erwiderte er tonlos, und nach einer kurzen Pause erzählte er von seinem Verhältnis, wie Heiko ihn erpresst hatte und wie er Larissa, weil sie ihm die Polizei auf den Hals hetzen wollte, niedergeschlagen und in den Keller gesperrt hat.

Fassungslos hörte Jasmine ihm zu. Als er schließlich schwieg, stand sie auf, drehte sich weg und schlich zum Fenster. Wie in Trance starrte sie auf die Straße. Was hatte sie von einem Mann, der im Gefängnis landen würde? Gar nichts. Entschlossen ging sie zunächst zu Jochen zurück, blieb aber einen Meter von ihm entfernt stehen. Sie schaffte es einfach nicht, ihm jetzt ganz nahe zu sein.

»Du musst verschwinden. Jetzt!«

»Wie verschwinden? Wie meinst du das?«, fragte er verständnislos.

Jasmine ging gar nicht darauf ein. »Wann ist das passiert?«

»Gestern, aber ...«

»Hör zu!« Sie setzte sich ihm gegenüber in den Sessel. »Du flüchtest sozusagen. Am besten guckst du, dass du einen Flug nach Kuba bekommst. Dort dürfen sie dich nicht ausliefern.«

»Aber warum? Ich habe den Schönfuss nicht umgebracht.«

»Ich weiß.«

»Wieso? Woher …?« Jochen wurde blass, sprang auf und hielt sich die Hand vor den Mund.

»Du warst es«, presste er hervor. »Stimmt, du bist an dem Abend sehr spät nach Hause gekommen, was sonst nie passiert. Aber warum?«

»Er hatte mich am Tag zuvor auf der Straße abgefangen und mir erzählt, dass du mich mit einer jungen Frau betrügen würdest. Ich war so wütend und wollte ihm nicht glauben. Ich bin dann davongelaufen, habe mich aber am Abend entschlossen, doch noch einmal mit ihm zu sprechen und bin zu ihm gegangen. Weil ich den Kopf freikriegen wollte, habe ich das Auto stehen lassen. Als ich um die Ecke gebogen bin, habe ich deinen Wagen dort stehen sehen. Mir war klar, was du vorhattest. Ich wollte aber nicht, dass das Ganze bekannt wird. Es hätte unser Leben zerstört. Die Kunden wären weggeblieben und vielleicht hättest du dich von mir getrennt. Ich will und kann ohne dich nicht leben. Und dann sind da ja noch unsere Kinder. Und das alles wegen so einem Schwein, das ständig nur Leute erpresst.«

Jasmine schluchzte auf.

Jochen starrte sie mit aufgerissenen Augen an. Ein drückendes Schweigen breitete sich im Zimmer aus. Nach einer Weile räusperte er sich.

»Ich hatte mir tatsächlich überlegt, ihn zu töten, aber ich hätte es niemals fertiggebracht.« Seine Stimme klang rau.

»Hör zu, wenn du jetzt verschwindest, dann wird die Polizei glauben, dass du es warst. Keiner wird mich verdächtigen«, unterbrach sie ihn. »Es weiß schließlich niemand, dass ich eine Ausbildung bei der Bundeswehr gemacht und Kampfsport betrieben habe. Sie werden das keiner Frau zutrauen.«

»Das ist nicht dein Ernst.« Verzweifelt sah er sie an.

»Doch, natürlich. Wenn alles im Sand verlaufen ist, komme ich mit den Kindern nach.«

Vielleicht, dachte sie im Stillen.

»Aber was ist, wenn die gar nicht auf mich kommen?«, entgegnete er.

»Das wäre das Beste. Unter den Umständen kommst du einfach von deinem Urlaub zurück.«

Resigniert sah er Jasmine an, als ob eine Unbekannte vor ihm stehen würde, dann nickte er.

Montag, 4. Juli

Lisa

Lisa schwang sich voller Elan aus dem Bett. Sie hatte hervorragend geschlafen und fühlte sich wie neu geboren. Klaus schlief tief und fest, so wie es aussah. Sie hatte rechtzeitig den Wecker ausgemacht, da sie schon vor dem Klingeln wach gewesen war. Sie gönnte ihrem Freund das Ausschlafen, schließlich hatte er heute frei. Es reichte, wenn sie arbeiten musste. Mia schien ebenfalls noch zu schlafen, man hörte keinen Mucks.

Leise schlich Lisa aus dem Schlafzimmer und schloss vorsichtig die Tür. Sie schaute nach ihrer Tochter, die sich tatsächlich im Traumland befand.

Sie war gerade im Begriff, unter die Dusche zu hüpfen, als das Klingeln des Smartphones ihr einen Strich durch die Rechnung machte. Nachdem sie auf ihrem Display ›Peter‹ gelesen hatte, nahm sie seufzend das Gespräch an. Den Anruf ihres Chefs durfte sie nicht ignorieren.

»Guten Morgen«, tönte es ihr entgegen.

Puh, wie kann man so früh schon so gut gelaunt sein, fragte sie sich.

Baumann ließ sie nicht zu Wort kommen. »Du

kannst direkt ins Krankenhaus fahren, Larissa Augenstein ist vernehmungsfähig. Das machst du am besten alleine. So von Frau zu Frau.«

»Okay, aber dann muss ich dir jetzt am Telefon etwas sagen, was nicht warten kann.«

»Worum geht es?«

»Mir ist gestern klargeworden, dass Bezold nicht der Täter sein kann.«

Schweigen. Dann hörte Lisa ihren Chef durchschnaufen. »Wie kommst du darauf?«

Baumanns Stimme hörte sich gequält an.

»Weil er zu schnell gestanden hat.«

»Das ist doch kein Argument.« Er schien erleichtert. Wahrscheinlich dachte er, dass es nur so ein Gedanke von ihr war, dass sie sichergehen wollte, nichts zu übersehen.

Ihr nächster Satz holte ihn wieder auf den Boden der Tatsachen zurück. »Ich nehme an, dass es seine Frau war.«

»Seine Frau?«

Lisa hatte Baumanns verblüfftes Gesicht geradezu vor Augen.

»Genau, … wir ähm …, ich denke, dass er sie schützen möchte.«

Kurz war es still.

»Hm«, meinte Baumann, »das könnte natürlich sein. Ich kümmere mich gleich um das DNA-

Ergebnis von seiner Speichelprobe. Das müsste inzwischen da sein. Gegebenenfalls schicke ich sofort zwei Kollegen zu Jasmine Bezold, um sie festnehmen zu lassen.«

»Gut, dann fahre ich jetzt direkt zu Larissa Augenstein.«

»Tu das«, erwiderte er und beendete das Gespräch, ohne sich zu verabschieden.

Lisa grinste. Zum Schluss hatte sich ihr Chef nicht mehr so gut gelaunt angehört. Sie kannte das Gefühl, wenn man meint, dass ein Fall gelöst ist und sich dann eine Wendung ergibt. Das will zunächst niemand wahrhaben.

Als sie ins Auto stieg, überlegte Lisa, ob sie geradeaus bis zur Aral-Tankstelle und dann durch den Kreisverkehr wieder zurückfahren sollte, weil der Wagen in die falsche Fahrtrichtung vor dem Haus parkte. Sie scherte aus, gab Gas und entschied sich kurzentschlossen für die andere Lösung. Sie betätigte den Blinker und bog links in die Buchwaldstraße, dann erneut links in die Gartenstraße und schließlich zum dritten Mal links in die Friedenstraße ein. An deren Ende fluchte sie leise vor sich hin, weil auf der Hauptstraße, auf die sie wieder zurückwollte, reger Verkehr herrschte, so dass es lange dauerte, bis sie einbiegen konnte.

Endlich erwischte sie eine genügend große Lücke, musste dann aber an der Fußgängerampel warten, weil diese gerade auf Rot schaltete.

Sie blieb gelassen und schaute in das Schaufenster des Buchladens, der sich auf der rechten Seite befand, und nahm sich fest vor, auf dem Heimweg hier anzuhalten und sich ein Buch zu kaufen. Denn jedes Mal, wenn ein Fall aufgeklärt war, nahm sie sich die Zeit zum Lesen. Alles, nur kein Krimi, vielleicht ein historischer Roman, träumte sie vor sich hin, als hinter ihr ein Hupkonzert ertönte.

Sie zuckte zusammen, hob entschuldigend die Hand und düste los.

In Pforzheim dauerte es eine halbe Ewigkeit, bis sie am Klinikum ankam, das sich am anderen Ende der Stadt befand. Noch schwieriger stellte sich die Parkplatzsuche heraus. Lisa hatte gehofft, ihr Auto auf dem kleinen Parkplatz direkt an der Enz gegenüber dem Krankenhaus abstellen zu können, aber da war leider alles besetzt. Sie wusste vom letzten Besuch bei der Aufklärung eines Falles, dass das Parkhaus am Ende des Gebäudes war und ihr ein längerer Fußweg bevorstand, um zum Haupteingang zu kommen. Glücklicherweise war es um diese Zeit relativ leer, da noch keine Besuchszeit war, und sie fand gleich unten einen geeigneten Platz.

Als sie den Gehweg entlangging, atmete sie ein paarmal tief ein und aus und genoss die sommerlich milde Luft. In Kürze wäre der Fall gelöst und sie hätte Zeit für sich und vor allem für ihr Töchterlein und natürlich auch für Klaus. Sie konnten dann in Ruhe Zukunftspläne schmieden und nach einem Häuschen oder einer größeren Wohnung Ausschau halten.

Überrascht stellte sie fest, dass sie schon am Ziel angekommen war. Sie war so in ihre Gedanken vertieft gewesen, dass ihr der Weg kurz vorkam.

Nachdem sie sich beim Informationsschalter nach Larissa Augensteins Zimmer erkundigt hatte, eilte sie schnellen Schrittes dorthin und schenkte ihre ganze Aufmerksamkeit wieder dem aktuellen Fall.

Als Lisa das Krankenzimmer betrat, blickte die Patientin ihr überraschend munter entgegen.

Selbst im Krankenbett sieht die Frau wie ein Model aus, bemerkte sie ohne Neid.

»Setzen Sie sich doch«, ermunterte Larissa sie, nachdem Lisa ihr Anliegen einer Befragung vorgebracht hatte.

Sie zog sich von dem kleinen Tisch, der am

Fenster stand, einen Stuhl heran und folgte der Aufforderung. Forschend sah sie die Patientin an.

»Wie geht es Ihnen?«

»Wieder ganz gut«, erwiderte Larissa. »Ich bin froh, dass ich lebe. Ich hatte da unten viel Zeit zum Nachdenken, bevor ich das Bewusstsein verloren habe. Mir war allerdings nicht klar, dass ich nicht zu meiner Schwester in die Römerzeit reisen kann.«

Verlegen schaute sie Lisa an. »Sie müssen wissen, dass ich eine psychische Störung habe und Medikamente benötige, damit ich nicht solche Wahnvorstellungen habe. Dummerweise hatte ich die eigenhändig abgesetzt«, erklärte sie.

Lisa lächelte. »Sie brauchen sich nicht zu entschuldigen. Es ist gut, dass Sie das jetzt erkennen und sich behandeln lassen.«

»Ja, ich habe nie verkraftet, dass meine Schwester Anne überfahren wurde, als ich auf sie hätte aufpassen sollen. Meine Eltern, vor allem mein Vater, haben mir das nicht verziehen.«

Lisa nickte verständnisvoll und Larissa fuhr fort: »Aber mir ist klargeworden, wie sehr ich meinen Mann liebe. Er hat immer zu mir gehalten, obwohl er bestimmt des Öfteren mitbekommen hat, dass ich ihn betrogen habe. Das möchte ich alles wieder gutmachen.«

»Das ist doch mal ein guter Vorsatz«, bekräftigte Lisa.

»Ja, ich werde direkt nach diesem Aufenthalt hier in die psychiatrische Klinik im Nordschwarzwald gehen. Dort muss ich wahrscheinlich einige Wochen verbringen, aber dann beginnt mein neues Leben.« Larissa strahlte. »Aber Sie sind sicher nicht hierhergekommen, um sich meine Lebensgeschichte anzuhören.«

»Nein, aber das interessiert mich natürlich auch. Erzählen Sie mir doch bitte, wie Sie in den Keller von Heiko Schönfuss gekommen sind.«

»Nun, er hat mich eines Abends abgefangen und mich erpresst. Wie Sie inzwischen bestimmt wissen, habe ich den Römerkopf gestohlen. Aber das war ja nicht wirklich ich …« Ihr blasses Gesicht rötete sich leicht und sie fuhr sich durch ihre Haarmähne.

»Ja, das weiß ich, das spielt im Moment keine Rolle. Außerdem waren Sie ja nicht zurechnungsfähig. Das wird Ihnen sicher ein Arzt bestätigen.«

»Hm, auf jeden Fall hat mich der Jochen eines Abends abgefangen und erpresst. Er meinte doch tatsächlich, dass ich mir was einfallen lassen solle, damit Heiko aufhören würde, ihn zu erpressen. Im Zweifelsfall müsse ich ihn sogar um die Ecke bringen.«

Fassungslos schaute Lisa sie an. »Das hat er gesagt?«

»Ja, so hat er sich ausgedrückt.«

»Okaaay«, äußerte sich die Hauptkommissarin gedehnt. »Würden Sie das so auch aussagen?«

»Klar.«

Das ist gut, dachte Lisa, dann kommt er auch noch wegen Anstiftung zum Mord dran.

»Schließlich hat er mich abends zu Heikos Haus bestellt«, fuhr Larissa fort. »Er hat gedacht, dass ich einen Schlüssel hätte, was aber nicht der Fall war. Er hat dann die Scheibe der Terrassentür eingeschlagen, sodass er an den Türgriff gekommen ist. Als mir klar wurde, dass er Heikos Mörder war, habe ich ihm mit einer Anzeige gedroht, und da hat er mich niedergeschlagen. Ich bin dann erst wieder im Keller zu mir gekommen.«

»So ähnlich habe ich mir das vorgestellt. Was wollte er denn von Ihnen?«

»Dass ich bei der Polizei den Verdacht auf Alex lenke.«

»Oh. Allerdings wissen wir noch nicht ob Herr Bezold der Täter ist.«

»Nicht? Wer denn dann?« Ungläubigkeit breitete sich auf Larissas Gesicht aus.

»Darüber darf ich nicht mit Ihnen sprechen. Es ist auch noch nichts bewiesen.«

Lisa erhob sich und reichte Larissa die Hand. »Vielen Dank. Jetzt lasse ich Sie wieder in Ruhe. Schließlich sollen Sie sich erholen.«

»Kein Problem. Es war nett, mit Ihnen zu plaudern.« Sie lächelte.

»Ganz meinerseits«, entgegnete Lisa und verließ das Krankenzimmer.

In der Zwischenzeit

Joshua Bähr

Joshua und Jörg Sebastian verhörten Jasmine Bezold, die von den Kollegen verhaftet und aufs Kriminalkommissariat gebracht worden war. Sie hatte ziemlich hysterisch auf die Festnahme reagiert, es dauerte, bis sie sich wieder beruhigt hatte. Joshua informierte sie nun über ihre Rechte und Jörg begann mit der Befragung. Joshua beobachtete die Frau währenddessen.

»Erklären Sie uns noch einmal den genauen Ablauf des besagten Abends, als Ihr Mann Ihnen die angebliche Tat des Mordes an Heiko Schönfuss gestanden hat.«

»Was soll das? Sie glauben mir ja doch nicht.« Frau Bezold presste die Lippen aufeinander.

»Mit glauben hat das nichts zu tun. Ihr Mann kann es nicht gewesen sein. Man hat keine DNA-Spuren von ihm an der Leiche gefunden«, mischte sich Joshua ein.

»Spätestens wenn Ihre Speichelprobe ausgewertet ist, werden wir ja sehen«, übernahm Jörg wieder das Wort. »Außerdem …«

Jasmine Bezold, die, während Joshua gesprochen hatte, regelrecht in sich zusammengesackt war, fuhr nun wie eine Furie von ihrem Stuhl hoch. »Er hat mich also verraten«, schrie sie hysterisch.

Jörg setzte zum Sprechen an, bemerkte aber den warnenden Blick seines Kollegen und schwieg.

»Hm«, sagte Joshua.

Das gab der Frau den Rest. Sie presste die Lippen aufeinander, ihre Augen waren nur noch schmale Ritze. »Ja, jetzt auf einmal möchte er seine Haut retten«, zischte sie, »aber ich sage gar nichts mehr. Ich bestehe nun doch auf einen Anwalt.«

Am Anfang des Verhörs hatte sie gemeint, dass sie keinen Rechtsbeistand bräuchte, weil sie sich nichts zu Schulden habe kommen lassen.

Jörg verdrehte die Augen und stand auf.

Joshua ließ sich nicht aus der Ruhe bringen und starrte die Frau nachdenklich an. »Wissen Sie, was ich nicht verstehe?«

Jasmine Bezold schüttelte den Kopf.

»Wenn Sie Ihren Mann so sehr lieben, dass Sie für ihn morden würden, was hätten Sie denn jetzt davon, wenn er ins Gefängnis muss, um Sie zu schonen? Klar, da sind die Kinder. Aber was für einen Grund hatten Sie überhaupt, Herrn Schönfuss auszuschalten? Ich meine, Ihr Mann hat Sie betrogen, Heiko Schönfuss hat ihn deswegen erpresst. Selbst wenn Sie es gewusst hätten, ist das doch kein Grund, Ihr Leben zu zerstören. Nur um Ihren Ruf und die Firma zu retten. Nein, das kann ich mir nicht vorstellen.«

Anscheinend hatte Frau Bezold vergessen, dass sie einen Anwalt verlangt hatte. Sie hob den Kopf und sah Joshua mit tränenverhangenen Augen an. »Bekomme ich mildernde Umstände, wenn ich gestehe?«, flüsterte sie.

»Das könnte sein«, sagten beide Männer wie aus einem Munde.

Man konnte den inneren Kampf der Frau regelrecht sehen. Schließlich begann sie leise zu sprechen: »Es war ganz anders. Mein Mann hat mit der ganzen Sache nichts zu tun. Ständig hatte er andere Frauen.« Sie hielt inne. »Ich liebe ihn, aber ich kam mir so minderwertig vor. Dann hat Heiko eines Abends – ich hatte ihn zufällig getroffen – meine Schwäche ausgenutzt. Vorher war ich mit einer Freundin unterwegs und hatte einige Gläser Prosecco intus. Er konnte mich deshalb leicht überreden, mit ihm nach Hause zu gehen. Wir landeten in seinem Bett. Den Rest können Sie sich sicher denken.«

Verblüfft musterte Joshua sie. Damit hatte er nicht gerechnet.

Auch Jörg schüttelte sichtbar irritiert den Kopf. Aber das war wenigstens eine Erklärung für die Tat.

»Er hat Sie also erpresst?«, wollte Joshua wissen.

Frau Bezold nickte. »Ich hoffe, dass sich meine Aussage auch wirklich positiv auf das Urteil auswirkt. Schließlich habe ich Kinder.« Sie biss sich auf die Unterlippe.

»Davon gehe ich aus. Sie wären aus der Sache sowieso nicht mehr rausgekommen. Erzählen Sie den genauen Tatvorgang fürs Protokoll.« Joshua lehnte sich auf seinem Stuhl zurück.

Jörg rieb sich die Hände und nickte seinem Kollegen zu.

Frau Bezold holte tief Luft. »Ich habe am Abend zuvor einen Spaziergang gemacht. Ich wollte zu Fuß zu Heiko gehen. Dann habe ich unseren Lieferwagen gegenüber seinem Haus stehen gesehen. Jochen saß darin und beobachtete das Haus. Als ich später den Wagen durchsuchte, fand ich die Drahtschlinge im Fußraum und mir war alles klar. Mir war aber auch bewusst, dass mein Mann nicht das Zeug dazu gehabt hätte. Ich hingegen habe eine harte Ausbildung bei der Bundeswehr absolviert und traute mir das zu. Dann bin ich am nächsten Tag im Dunkeln wieder zu Fuß hingegangen und habe das durchgeführt, was Jochen vorhatte. Ich glaube, der hat noch nicht einmal bemerkt, dass die Drahtschlinge nicht mehr da war, weil er sein Vorhaben schon am nächsten Tag aufgegeben hat. Wahrscheinlich war er leicht angetrunken, als er den Plan geschmiedet hat. Mein Mann ist kein schlechter Mensch. Ich auch nicht«, fügte sie leise hinzu. »Ich wollte nur unsere Familie retten.«

Die Polizeibeamten hatten Jasmine Bezold nicht unterbrochen.

Nun erhob sich Joshua.

»Sie werden dem Haftrichter vorgeführt und anschließend in Untersuchungshaft nach Bühl gebracht. Es wird sich möglicherweise günstig für Sie auswirken, dass Sie alles gestanden haben.«

Er nickte dem Polizisten zu, der inzwischen in den Verhörraum gekommen war und der Jasmine Bezold in die Zelle brachte, wo sie bis zur Überführung bleiben würde.

Jörg sah Joshua an.

»Mit so einer Wende habe ich überhaupt nicht gerechnet.«

»Ich auch nicht«, erwiderte der. »Aber für die Körperverletzung und Freiheitsberaubung von Larissa Augenstein muss sich ihr Mann verantworten.«

»Genau. Und wer sind in diesem Fall die Leid-
tragenden?«

Joshua zog die Augenbrauen hoch.

»Leider die Kinder. Das ist traurig.«

Dienstag, 5. Juli

Lisa

Die Soko ›Spinne‹ hatte sich im Besprechungsraum versammelt. Staatsanwalt Timo Brecht war ebenfalls anwesend. Es handelte sich um die Abschlussbesprechung, der Fall war geklärt. Die Stimmung hätte nicht besser sein können, war die Aufklärung doch nicht einfach gewesen.

Lisa und ihre Kollegin Lea Sonntag saßen nebeneinander und unterhielten sich leise, als Brecht um Aufmerksamkeit bat. Sofort wurde es still im Raum.

»Ich bin froh, dass der Mord an Heiko Schönfuss aufgeklärt und Larissa Augenstein rechtzeitig befreit werden konnte.« Er strahlte. »Dazu habt ihr alle beigetragen. Gute Arbeit!« Er sah wohlwollend in die Runde und fuhr fort: »Jochen Bezold durfte vorerst nach Hause gehen, um eine Betreuung für seine Kinder zu organisieren. Es besteht keine Fluchtgefahr. Er muss sich dann für die Körperverletzung und die Freiheitsberaubung von Frau Augenstein im Keller von Herrn Schönfuss verantworten. Außerdem steht da noch die Anstiftung zum Mord im Raum. Dazu haben wir die Zeugenaussage von Larissa Augenstein. Seine

Ehefrau wurde der Staatsanwaltschaft übergeben und wird dem Haftrichter vorgeführt. Ihre DNA ist identisch mit den Proben, die wir unter den Fingernägeln von Heiko Schönfuss gefunden haben. Wegen des Diebstahls im Römermuseum wird Frau Augenstein zur Rechenschaft gezogen, allerdings erst, wenn sie aus der psychiatrischen Klinik, in die sie heute transportiert wurde, entlassen wird. Da wird, denke ich, nicht viel auf sie zukommen. Wahrscheinlich muss sie nur die Kosten für die kaputten Glasscheiben übernehmen und eine Strafe bezahlen. Und natürlich den Kopf zurückgeben. Dann ist da noch Alexander Schlegel. Die Rechnung für den Rettungswagen, den Notarzt und die ärztliche Behandlung im Krankenhaus gehen auf seine Kosten, da er den anaphylaktischen Schock selbst ausgelöst hat. Damit wäre alles gesagt. Ich wünsche euch jetzt erst einmal ein bisschen Entspannung.«

Brecht hob die Hand zum Abschiedsgruß und verließ bester Laune das Zimmer.

Baumann erhob sich. Er sah ebenfalls erleichtert aus.

»Somit wäre alles gesagt. Ich bin auch sehr froh, dass wir letztendlich den Fall lösen konnten, denn zuerst sah es nicht danach aus. Wenn eine Person in Lebensgefahr ist, dann liegen die Nerven immer blank. Daher weiß ich es zu schätzen, so ein gutes Team zu haben. So, und jetzt ist die Gelegenheit günstig, Urlaub zu beantragen. Natürlich nicht alle auf einmal.« Er grinste. »Wer also einen Antrag stellen möchte, komme bitte in mein Büro«, fügte er hinzu und ging ebenfalls aus dem Besprechungsraum.

Verwundert sah Lisa ihre Kollegin an. »Was ist denn in Peter gefahren? So fröhlich kenne ich ihn gar nicht.«

»Na, er ist einfach erleichtert, dass alles so gut ausgegangen ist. Ich habe ihn schon ein paarmal so erlebt. Aber du bist ja auch noch nicht so lange da«, erwiderte die Freundin.

Lisa nickte. »Wahrscheinlich werde ich noch einige Überraschungen erleben.« Sie schlenderte, gefolgt von Lea, Richtung Ausgang, blickte im Hinausgehen zu Joshua und spürte, dass sie rot wurde, als er ein Auge zusammenkniff und ihr zublinzelte.

Lea, die das wohl ebenfalls bemerkt hatte, konnte sich ein Grinsen nicht verkneifen.

»Sag nichts«, zischte Lisa.

»Ich weiß überhaupt nicht, was du meinst«, erwiderte Lea und prustete los.

Inzwischen standen sie auf der Straße vor dem Polizeikriminalkommissariat.

Lisa schüttelte den Kopf und hakte sich bei ihrer Freundin unter.

»Lass uns in die Stadt gehen und einen Kaffee trinken.«

Lea stimmte freudig zu. »Genau, ich denke, du hast mir einiges aus deinem Privatleben zu berichten. Wir hatten in letzter Zeit ja gar keine Gelegenheit dazu.«

»Du hast recht, es gibt wirklich viel zu erzählen. Ich ziehe mit Klaus zusammen, und Amelie bleibt in Remchingen und zieht in meine Wohnung.«

»Wow, das sind wirklich Neuigkeiten. Du überraschst mich tatsächlich.«

Sie stiegen die Treppen zum Schlossberg hinunter und Lisa freute sich auf das Kaffetrinken ohne Zeitdruck. Sie nahm sich vor, eine Woche Urlaub zu beantragen und mit ihrem Lebensgefährten nach einem geeigneten Haus oder einer Wohnung zu suchen.

EPILOG

Ein halbes Jahr später

Lisa kam von ihrem ausgedehnten Spaziergang zurück. Die frische winterliche Luft hatte ihr gutgetan, um den Kopf freizubekommen. Sie schaute sich um und atmete tief ein und aus. Die Gegend hier in Singen mit den Feldern war wunderbar. Besser hätten sie es nicht treffen können. Klaus hatte über einen Makler das Reihenhaus ›Zwischen den Wegen‹ ausfindig gemacht. Sie hatten es besichtigt und waren sich sofort einig gewesen. Dieses Haus war genial. Klaus hatte mit ihrer Zustimmung einen Termin beim Notar ausgemacht und nun war es so weit. Heute konnten sie einziehen.

Lisa, die schon immer Probleme hatte, sich auf irgendeine Art und Weise fest zu binden und ungern in ihrem Leben etwas ändern wollte, kannte sich selbst nicht wieder. Sie freute sich auf das Zusammenleben mit Klaus und Mia. Ja, sogar, dass ihre Mutter nicht mehr nach Berlin zurückkehren würde und ihre Mietwohnung in Wilferdingen übernommen hatte, war für sie in Ordnung. Nur vor einer Stunde hatte sie kurz einen Anflug von Panik bekommen.

Sie schüttelte über sich selbst den Kopf und betrat das neue Heim. Die Tür war geöffnet.

Vor dem Haus in der Einfahrt und in der Diele standen überall die Umzugskartons. Klaus baute im Wohnzimmer zusammen mit Max den Schrank auf und Amelie werkelte geschäftig in der Küche herum.

Mia saß bei der Oma und schaute ihr fasziniert zu. Als sie ihre Mutter erblickte, rannte sie freudestrahlend auf sie zu. »Weißt du was? Ich habe eine Überraschung. Das darf ich dir aber nicht erzählen. Oder Oma?«

»Eine Überraschung?«, fragte Lisa, Böses ahnend.

Amelies Gesichtsfarbe nahm eine rötliche Färbung an. »Das ist doch noch gar nicht entschieden«, bemühte sie sich, die Sache herunterzuspielen.

»Was ist nicht entschieden?« Lisa bemerkte selbst ihren hysterischen Klang in der Stimme.

»Ich bekomme einen Hund«, jauchzte Mia vergnügt.

»Das ist jetzt nicht dein Ernst.« Lisa funkelte Amelie zornig an.

»Nein«, beeilte die sich zu sagen, »ich habe der Kleinen lediglich zugestimmt, dass es hier eine super Gegend ist, einen Hund zu halten.«

Sie seufzte, und Lisa atmete auf.

Plötzlich musste sie lächeln und verließ den Raum. Ihr war klargeworden, dass es keinen besseren Grund für tägliche Spaziergänge gab, als ein Hund, der dringend raus musste. Vielleicht war das also gar keine schlechte Idee.

Da es ihr vor dem Umzug gegraut hatte, hatte Klaus versprochen, dass sie sich um nichts kümmern müsse, dass er alles mit Hilfe von Max und Amelie erledigen würde. Unschlüssig sah Lisa sich um. Sie konnte doch nicht einfach zusehen, wie die anderen arbeiteten.

Klaus eilte auf sie zu und nahm sie in den Arm. »Na, mein Schatz, bist du hier, um ein bisschen mitanzupacken?«

»Nun, ja, was soll ich denn tun?«, fragte sie zögernd.

So gerne sie bis zu ihrer Erschöpfung ermitteln und Mordfälle aufklären konnte, so wenig war sie für so alltägliche Dinge geeignet. Außer Kochen, das machte ihr inzwischen Spaß. Aber das hier …

Missmutig schaute sie sich um.

Gerade als Klaus ihr Anweisungen geben wollte, was zu tun sei, klingelte das Handy. Auf dem Display erschien ›Peter‹.

»Da muss ich rangehen«, sagte sie entschuldigend zu ihrem Freund.

Der nickte ergeben.

Lisa nahm das Gespräch entgegen. »Ja, klar. Das ist doch selbstverständlich. Ich komme.«

Klaus, der wohl meinte, sich verhört zu haben, sah sie fragend an. »Wo kommst du hin?«

»Die Arbeit ruft«, erklärte sie ihm vergnügt. »Wir haben eine Leiche in Pforzheim.«

Sie küsste ihren Lebensgefährten, rief ihrer Mutter »Tschüss bis später« zu, drückte Mia fest an sich und verließ eiligst das Haus.

Wie schön, dass sie so eine verständnisvolle Familie hatte.

Danke

Ich danke meinem Mann für das schöne Cover und für seine Geduld, wenn ich beim Schreiben die Welt um mich herum vergesse.

Herzlichen Dank an meine Freundinnen Susanne Barton und Monika Peuthert für das Erstkorrektorat und fürs Probelesen.

Und an Dittmar Huniar, der ebenfalls noch kleine Fehlerchen entdeckt hat, ein herzliches Dankeschön. Vielen Dank auch an Enya Kummer, für das Lektorat. Es hat mir viel Freude bereitet, mit ihr zusammenzuarbeiten. Auch bedanke ich mich ganz herzlich bei Uschi Gassler für das Endlektorat und den Buchsatz.

Vielen Dank auch an Herrn Dr. Joachim Schoberth für die Führung im Römermuseum und das Lesen der betreffenden Stellen aus meinem Manuskript.

Und natürlich allen meinen treuen Lesern ein herzliches Dankeschön!

Eine kleine Bitte zum Schluss

Ich würde mich freuen, wenn Ihnen dieser Kriminalroman gefallen hat.

Der schnellste Weg, andere Leser an ihren Erfahrungen mit diesem Krimi teilhaben zu lassen, ist eine Rezension im Online-Buch-Shop.

Ihr Feedback hilft anderen Lesern, Neues zu entdecken. Außerdem hat man als Autor durch Ihr ehrliches Leser-Feedback die Möglichkeit, sich weiterzuentwickeln.

Vielen Dank im Voraus, wenn Sie sich ein paar Minuten Zeit nehmen und eine Bewertung zum Buch veröffentlichen.

Manuela Kusterer

Mörderische Zeiten

Seiten 264

ISBN 978-3-758-31124-6

Lisa Breuer lässt ihr altes Leben in Berlin hinter sich und hofft auf einen Neuanfang in Remchingen. Die Hauptkommissarin hat sich mit Erfolg auf eine freie Stelle im Pforzheimer Polizeipräsidium beworben.
Viel Zeit zum Eingewöhnen bleibt ihr nicht, denn recht schnell muss sie sich mit einem ungeklärten Todesfall auseinandersetzen. Da es bald noch weitere Tote gibt, kommt die Polizeibeamtin kaum dazu, über ihre eigenen Probleme nachzudenken. Sie muss privat eine Entscheidung treffen, verdrängt diese aber solange, bis sie von der Vergangenheit eingeholt wird.
Nicht immer handelt Lisa kühl und überlegt und bringt sich dadurch selbst in Gefahr …

Manuela Kusterer

Gefährlicher Deal

Seiten 212

ISBN 978-3-7534-8162-3

Gefahr, Geld und Liebe …

Nach einem Treffen mit den Eltern ihres Verlobten verschwindet Gabriele spurlos. Auf der Suche nach ihr hat Raphael einen schweren Verkehrsunfall und liegt im Koma. Als er sich etwas erholt hat, erfährt er, dass seine Freundin wie vom Erdboden verschluckt ist. Verzweifelt versucht er sie zu finden. Dabei hilft ihm Sophie, die er vor Kurzem kennengelernt hat. In einem unbedachten Moment begibt sich diese in große Gefahr und bleibt ebenfalls verschwunden. Nun muss sich Raphael um beide Frauen sorgen. Zeitgleich ermitteln Hauptkommissarin Maren Westphal und ihr Kollege in einem heiklen Fall. Eine junge Frau, die niemand vermisst, wird tot aufgefunden. Hängt das Verschwinden von Gabriele und Sophie damit zusammen? Wird Raphael und das Berliner Polizeiteam sie rechtzeitig finden? Oder droht ihnen das gleiche Schicksal wie der Unbekannten?

Leseprobe:

Gefährlicher Deal

Prolog

Vier Männer und eine Frau saßen in der Wohnung von Robert, der sich selbst als Chef bezeichnete, zusammen. Mike, der an dem Türrahmen lehnte, blickte angewidert auf ungefähr zehn Pizzakartons, die sich auf dem schmierigen PVC-Boden stapelten. Zum Teil klebten noch alte Essensreste daran. Auch sonst erschien ihm diese Bruchbude ziemlich schmuddelig.

Er wurde aus seinen Gedanken gerissen, weil Detlef ihn ansprach: »Hey du Neuankömmling, was meinst du dazu?«

Eigentlich sah dieser eher wie ein Chef aus. Mit seiner imposanten Größe und den dunklen Locken zog er automatisch alle Blicke auf sich, wenn er einen Raum betrat.

Mike war heute erst zum zweiten Mal dabei und machte keinen allzu glücklichen Eindruck. Er schien sich nicht ganz wohl in seiner Haut zu fühlen.

»Sorry, ich hab gerade nicht zugehört«, erwiderte er betont lässig.

»Ich habe gefragt, was du zu der Gegend meinst, in der wir in Zukunft arbeiten werden?«

»Äh, ja, das Gebäude und die Umgebung sind sehr gut geeignet für unsere Zwecke. Da kommt kein Mensch drauf.«

Zufrieden sahen Robert und Detlef ihn an.

Das war genau das, was sie hören wollten. Max, wie er sich gerade nannte, sagte nichts dazu. Er wechselte ständig seinen Namen und wurde nur benötigt, um rechtzeitig die Ware zu liefern. Und Marina war nur so eine Art Sekretärin und Mädchen für alles. Manchmal musste sie allerdings auch Krankenschwester sein. Sie hielt meistens ihren Mund und antwortete nur, wenn sie gefragt wurde. Sie hatte schnell begriffen, dass das in diesen Kreisen so gewünscht war.

Nun wandte sich der Boss an Max: »Und dass es klar ist, keine Angehörigen oder Freunde sollten vorhanden sein. Am besten du bändelst nur mit Frauen an, die sich hier illegal aufhalten und schnelles Geld verdienen wollen.«

»Das versteht sich von selbst«, antwortete er grinsend.

Nach ungefähr einer Stunde war die Besprechung beendet. Robert stellte einige Bierflaschen auf die Holzkiste, die als Tisch diente, und meinte: »Bedient euch.«

Mike und Marina verabschiedeten sich allerdings schnell, indem sie behaupteten noch etwas vorzuhaben. Sie wurden keines Blickes gewürdigt, als sie den Raum verließen. Nur Detlef nickte gleichgültig in ihre Richtung um ihnen damit mitzuteilen, dass es in Ordnung sei.

Gabriele

Wie wird es wohl werden? Wie wird die Nachricht unserer Verlobung bei seinen Eltern ankommen? Werden Karin und Günther mich endlich akzeptieren? Diese Fragen gingen mir durch den Kopf, während ich mühsam versuchte, mein Auto, das eigentlich nicht groß war, in eine viel zu kleine Parklücke einzuparken. Fluchend gab ich auf und fuhr diese belebte Straße mitten in Berlin entlang, um nach einer neuen Parkmöglichkeit Ausschau zu halten. Ich musste noch mehrere Straßen entlang fahren bis mir ein freier Platz ins Auge sprang. Nun war ich allerdings weit entfernt von unserem Treffpunkt. Raphael war der Ansicht gewesen, es wäre besser sich nicht direkt vor dem Haus seiner Eltern zu treffen, sondern gemeinsam mit einem Gefährt dort anzukommen. Genauso hatte er sich ausgedrückt.

Er hätte auch gleich sagen können, dass ich meinen alten Renault lieber nicht in Sichtweite seiner Eltern abstellen sollte. Sie wohnten in Grunewald. Dort gab es zahlreiche noble Villen, aber ich glaubte sagen zu können, dass das Gebäude und das dazugehörige Gelände der Lehmanns mit Abstand das größte war.

Mir entfuhr ein Seufzer, als ich mich schnellen Schrittes in Richtung des Cafés begab, wo sich mein Verlobter mit mir treffen wollte.

Seine Eltern waren sehr reich und wünschten sich für ihren einzigen Sohn eine gute Partie. Soviel hatte ich bei den beiden kurzen Treffen, die wir in den drei Monaten unserer Beziehung mit ihnen gehabt hatten, festgestellt. Raphael hatte mich, als ich ihn darauf hinwies, immer lächelnd in den Arm genommen und gemeint, dass das doch Blödsinn sei. So ganz überzeugt sah er dabei allerdings nicht aus.

Ich erblickte ihn schon von weitem vor unserem Lieblingscafé und mein Herz schlug schneller. Wie gut er doch aussah, mit hochgeschlagenem Mantelkragen und fröstelnd die Schultern hochgezogen. Es wehte ein eisiger herbstlicher Wind. Immerhin war es schon November. Seine etwas längeren dunklen Locken wurden kräftig durcheinandergewirbelt. Ja, ich liebte ihn über alles, sonst hätte ich die Situation mit seinen Eltern so nicht ertragen.

Als er mich sah, breitete er lächelnd seine Arme aus, ich rannte auf ihn zu und fiel ihm um den Hals. Als ich aufblickte, sah ich, wie uns ein etwas älterer Herr spöttisch anschaute, aber das war mir egal. Ich freute mich so, dass Raphael mich ebenso liebte und wir bald heiraten würden. Nachdem wir in dem Café in einer gemütlichen Ecke an einem kleinen runden Tisch saßen und zwei Milchkaffees bestellt hatten, schaute mich mein Verlobter lange an und meinte schließlich: »Du siehst blass aus mein Schatz. Hast du Angst vor meinen Eltern?« Ohne eine Antwort abzuwarten, fuhr er fort: »Das brauchst du nicht, ich bin doch bei dir. Deshalb dachte ich mir, dass es besser ist, hier noch einen Kaffee zu trinken, damit du dich ein bisschen entspannen kannst.«

Lächelnd erhob ich mich, küsste ihn auf die Wange und entfernte mich mit den Worten: »Ich muss mal für kleine Mädchen.« Ich wollte zu den Toiletten, um mein Aussehen zu prüfen, ob ich tatsächlich so blass aussah. Mein Spiegelbild ließ mich erschrecken. Nicht nur mein Gesicht war etwas fahl, nein, auch meine frisch gefärbten Haare hingen heute strähnig herunter. Sie hingen mir wirr bis weit über die Schultern, der Wind hatte sein Übriges dazu getan. Meine Blässe wurde durch die schwarze Farbe noch betont. Nun bereute ich doch, keinen Friseur aufgesucht zu haben. Ich schnitt mir die Haare immer selbst, indem ich mir einen großen Zopf senkrecht nach oben gezwirbelt hielt und einen Teil davon abschnitt. Immerhin sparte ich so einiges an Geld. In meinem Beruf als Krankenschwester verdiente ich nicht sehr viel. Dazu kam noch, dass ich Schulden abzuzahlen hatte, da ich mich beim Kauf eines gebrauchten Autos, das schon kurze Zeit später kaputtgegangen war, übernommen hatte. Das war aber kein Grund mich minderwertig zu fühlen. Was bildeten die Lehmanns sich eigentlich ein. Trotzig schaute ich mein Spiegelbild an und verließ die Toiletten, um mich in den Kampf zu stürzen.

Raphael

Wo bleibt sie denn? Habe ich was Falsches gesagt? Nachdem Gabriele hinter der Toilettentür verschwunden war, bemerkte ich, wie mir der Schweiß ausbrach. Vater wird sich nicht mit meiner Wahl zufriedengeben. Mehrfach hatte er mir zu verstehen gegeben, dass er sich eine gute Partie für seinen Sohn wünsche. Dabei war es für Günther wichtig, dass meine Zukünftige aus gutem Hause stammen und eine gute Bildung besitzen sollte. Meiner Mutter dagegen kam es nur darauf an, dass meine Zukünftige reiche Eltern hätte und es nicht auf ihr Geld abgesehen haben könnte. Günther war Professor und als Leiter in einer chirurgischen Privatklinik in Gatow tätig, einem Ortsteil, der im Süden des Bezirks Spandau liegt. Es war schon schlimm genug für ihn, dass sein Sohn nicht in seine Fußstapfen getreten war, sondern im Marketingbereich einer größeren Firma arbeitete. Aber immerhin hatte ich studiert und es zu etwas gebracht. Die große Hoffnung meines Vaters war, mich zumindest mit einer Ärztin zu verheiraten und er hatte auch schon zweimal eine der Oberärztinnen seiner Klinik zum Essen zu uns nach Hause eingeladen. Ich hatte mich zwar immer höflich verhalten und auch angenehme Unterhaltungen geführt, das war es dann aber auch gewesen. Solche Enttäuschungen konnte ich meinen Eltern nicht ersparen, schließlich wollte ich mit meinen dreißig Jahren selbst entscheiden, wen ich heiraten würde. Aus reiner Bequemlichkeit noch bei ihnen zu wohnen, hätte ich schon lange ändern müssen, dachte ich reuevoll.

Erleichtert sah ich, dass Gabriele zurückkam.

Nach einem Blick auf die Uhr sprang ich auf und sagte: »Schatz, wir müssen los. Es ist schon spät, meine Eltern warten nicht gerne. Meine Mutter möchte um 18 Uhr das Essen servieren.«

»Aber ich habe doch meinen Kaffee noch nicht einmal angefangen zu trinken«, entgegnete meine Verlobte.

Etwas ratlos schaute ich von Gabriele zum Tisch, wo noch die vollen Tassen standen, bis sie schließlich meinte: »Also gut, dann eben nicht. Lass uns gehen, damit Karin keine schlechte Laune bekommt.«

Ich tat so, als ob ich den ironischen Unterton nicht hören würde. Natürlich war Gabi mit meinen Eltern nicht per du, so redete sie nur in deren Abwesenheit. Es war mir klar, dass die drei nie Freunde werden würden. Aber ich hoffte, dass sie meine Entscheidung zu heiraten wenigstens akzeptieren würden. Karin und Günther wussten nicht, was heute auf sie zukam. Ich hatte einfach nur um ein Gespräch gebeten, gesagt, dass meine Freundin dabei sein würde, und mich nicht einmal getraut, von meiner Verlobten zu sprechen. Während ich Gabriele nach draußen folgte, bezahlte ich kurz an der Theke unsere Getränke.

Als wir die lange Einfahrt, die zum Haus meiner

Eltern führte, entlang gingen, schaute ich Gabriele von der Seite an. Sie wirkte vollkommen entspannt und gelassen.

Das konnte man von mir nicht behaupten. Ich wurde immer nervöser, je näher das Treffen rückte. Auf was hatte ich mich da eingelassen, das musste ja schiefgehen. Schließlich hatten sich meine Eltern nicht über Nacht geändert.

Nachdem der melodische Glockenton der Klingel ertönt war, dauerte es einen Moment, bis ich die Schritte meines Vaters vernahm. Dieser öffnete die Tür, nickte kurz und bat uns herein. Nachdem ich Gabriele den Vortritt gelassen hatte, begrüßte Günther zuerst meine Verlobte und dann mich mit Handschlag und rang sich sogar ein Lächeln ab.

Erleichtert atmete ich auf, bis mir gleich darauf bewusst wurde, dass mein Vater das kleinere Problem war. Er wusste sich zu benehmen, bei meiner Mutter war ich mir da nicht so sicher. Da kam sie auch schon und streckte uns ebenfalls, aber etwas zögernd, die Hand entgegen.

Dann sagte sie zuckersüß an Gabriele gewandt: »Freut mich, dass Sie uns besuchen, dann können wir uns etwas besser kennenlernen.

Oder gibt es einen konkreten Anlass für das Abendessen?«, fragte sie nun mich.

»Mutter, jetzt lass uns doch erst mal richtig ankommen.«

»Na gut. Auf jeden Fall habe ich eine Kleinigkeit zum Essen vorbereitet.«

Mir war schon klar, dass sie nicht selbst gekocht hatte. Dazu müsste sie sich ja die Finger schmutzig machen. Ich war dann aber sogleich wieder versöhnt, denn das Büfett, das meine Eltern sich hatten liefern lassen, sah wirklich vorzüglich aus. Verlockend duftete das Roastbeef. Dazu gab es Kartoffelgratin und verschiedene Salate. Nicht zu vergessen eine kleine Vorspeisenplatte, bestehend aus Honigmelone und rohem Schinken. Gabriele hingegen sah ratlos vom Büfetttisch zu meinen Eltern und dann mich an. »Kommen noch mehr Leute?«, wollte sie wissen.

»Nein, natürlich nicht«, erwiderte meine Mutter schnippisch.

Nachdem wir an dem übergroßen Tisch aus Glas Platz genommen und uns schweigend der Vorspeise gewidmet hatten, fragte Karin plötzlich: »Und Sie, meine Liebe, ist es nicht ein bisschen viel, neben dem Studium noch so einen anstrengenden Beruf wie Krankenschwester auszuüben?«

Kurz schien es meiner Verlobten die Sprache verschlagen zu haben, aber dann fasste sie sich wieder und antwortete: »Das würde ich mir auch anstrengend vorstellen, aber ich studiere ja schließlich nicht. Ich bin und bleibe Kranken-schwester. Hat Ihnen das Raphael nicht gesagt? Ich liebe meinen Beruf.«

»Nein, so genau haben wir darüber nicht ge-sprochen. Ist ja auch nicht so wichtig. Ich meine nur, von dem, was man da verdient, kann man ja nicht leben. Und Sie werden sich wohl nicht dem nächstbesten Mann an den Hals werfen wollen. Oder?«

Ich blickte meine Mutter zornig an und sagte gefährlich ruhig: »Und da wir schon beim Thema sind. Genau das werden wir tun. Heiraten näm-lich!«

Günther hatte die ganze Zeit geschwiegen. Man sah ihm an, dass er sich ziemlich unbehag-lich fühlte.

Karins Worte waren zuviel für Gabriele.

Bevor ich weiterreden konnte, sprang sie von ihrem Stuhl auf, warf ihre Serviette, die sie auf den Schoß gelegt hatte, auf den Tisch, sah meine Mutter mit vor Zorn blitzenden Augen an und zischte: »Was bilden Sie sich eigentlich ein? Denken Sie, dass Sie was Besseres sind, nur weil sie einen Haufen Geld besitzen? Wissen Sie was, es gibt einen guten Grund Raphael nicht zu heiraten, nämlich, dass ich Sie dann nicht als Schwiegermutter ertragen muss.«

Und schon war sie verschwunden. Erst als ich die Haustür zuknallen hörte, wurde mir bewusst, was da gerade geschehen war. Ich rannte ihr hinterher, konnte sie aber nirgends mehr entdecken, deshalb kehrte ich noch einmal zurück ins Haus, um meiner Mutter die Meinung zu sagen. Da saß sie nun und schaute mir trotzig entgegen. Es hatten sich ein paar hektische rote Flecken auf ihren Wangen gebildet, welche einen starken Kontrast zu ihren hellblond gefärbten Haaren ergab. Normalerweise war ihr Kurzhaarschnitt immer wie aus dem Ei gepellt, aber nun standen ein paar Strähnen kerzengerade nach oben. Wahrscheinlich war sie sich mit den Händen durch die Haare gefahren.

»Was hast du dir dabei gedacht?«, fuhr ich sie an.

»Das würde ich auch gerne wissen«, war das erste, was mein Vater dazu sagte.

Aber ich würdigte ihn keines Blickes und fuhr fort: »So treibst du mich aus dem Haus. Ich suche mir nun endlich eine eigene Wohnung. Und die Hochzeit wird stattfinden, aber ohne dich.«

Jetzt war Karin leichenblass geworden. Ohne mich um sie zu kümmern – meinem Vater nickte ich noch kurz zu –, verließ ich nun endgültig das Haus.

Draußen angekommen, überlegte ich kurz, wohin Gabriele wohl gegangen war. Wahrscheinlich zur nächsten Bushaltestelle, um nach Spandau zu ihrer Wohnung zu fahren. Allerdings war dies ein Fußweg von ungefähr 15 Minuten. Eigentlich müsste ich sie noch rechtzeitig auf der Strecke einsammeln können, bevor sie dort in den nächsten Bus einsteigen würde.

Aber ich konnte sie nicht finden.

Enya Kummer

Septemberblues

Seiten 470

ISBN 978-3-7407-5242-2

Spitzbube Ede lebt auf der Straße und schlägt sich mit List und Tücke durch. Sein Vorbild ist Kumpel Thomy, genannt Prof, an den er sich klammert. Natürlich nur, wenn die beherzte Sina nicht dabei ist, für die er alles tun würde.
Vorgeblich zufriedenen mit dem Leben, herrscht bei allen eine trostlose Stimmung – Septemberblues. Dann taucht Melinda bei den Obdachlosen auf, ein sechzehnjähriges türkisches Mädchen, das bei der kleinen Gruppe Schutz sucht, weil ihr ältester Bruder sie geschlagen hat. Am liebsten will sie zu ihrem anderen Bruder nach Italien fliehen. Ede organisiert kurzerhand einen VW-Bus. In seiner typischen Manier stellt er Thomy und Sina vor vollendete Tatsachen – gemeinsam gehen die Vier auf Tour.
Verfolgt durch dubiose Gestalten und der Vergangenheit wird der Trip zur Bewährungsprobe. Ganz davon abgesehen, dass der Bus unterwegs den Geist aufgibt und die Reisenden ein Kilo Koks im Gepäck haben.
Neben den Abenteuern merkt jeder von ihnen, dass es eine Reise zu sich selbst wird. Erst, als die Fassade bröckelt, scheint der Septemberblues zu vergehen.

Enya Kummer

Julie
Am Ende ist Erinnern

Seiten 336

ISBN 978-3-7407-3572-2

Die siebzehnjährige Yva hat es schwer in ihrer Familie. Sie muss sich um ihren autistischen Bruder kümmern und das meiste im Haushalt erledigen, da ihre depressive Mutter dem allen nicht gewachsen ist. Der Vater ist schwer beschäftigter Jurist und verschließt vor den Problemen die Augen.
Dann ist da Yvas panische Angst vor Wasser, die sie mehr und mehr in Albträumen und im Alltag verfolgt.
Erschöpft von ihrem Leben begegnet ihr eines Tages Julie, die so ganz anders ist: selbstbewusst, gelassen, sehr direkt, aber auch liebevoll. Yva verfällt der neuen Freundin, hungert nach Begegnungen mit ihr.
Eines Tages sehen Yvas bester Schulfreund Janis und ihr Vater sie in merkwürdiger Kleidung durch die Stadt laufen. Yva verzweifelt, denn sie kann sich nicht erinnern. Nur noch in Julie sieht sie eine Hilfe. Mit Julie wird alles gut, denkt sie. Doch ist das wirklich so? Wer ist Julie, was sind das für Träume, die Yva plagen, was hat es mit den fehlenden Bildern im Fotoalbum auf sich? Was verheimlichen ihr die Eltern?

Uschi Gassler

AUSMANÖVRIERT
Ein Psychothriller aus Karlsruhe

ISBN 978-3-947848-44-7
Taschenbuch, Seiten 296
Ruhrkrimi-Verlag Uwe Wittenfeld, Mülheim/Ruhr 2022
Auch als E-Book erhältlich.

Auf einer Luxusyacht im Maxauer Motorboothafen wird eine brutal ermordete Studentin entdeckt. Der Tatverdächtige ist rasch ermittelt: Benedict von Barneck, reich, attraktiv, umschwärmt und Sportstudent. Er wird verhaftet und verurteilt.

Ein weiterer Mord begünstigt sein Wiederaufnahmeverfahren, und er erhält seine Freiheit zurück. Doch diese währt nur kurz.

Manuela Kusterer

**Spieglein, Spieglein,
was soll ich tun?**

Seiten 242

ISBN 978-3-756-81706-1

Eines Tages fängt der Badezimmerspiegel an, mit Felicitas zu sprechen. Sie zweifelt an ihrem Verstand. Als er sie dann auch noch warnt, ihren Freund Markus zu heiraten, der ihr am Tag zuvor einen Heiratsantrag gemacht hat, ist sie vollkommen ratlos. Der Spiegel meldet sich immer häufiger zu Wort und warnt Felicitas sogar vor Gefahren. Weil sie meint verrückt zu sein, vereinbart sie einen Termin beim Psychiater. Zudem macht sie sich große Sorgen um ihre Freundin Rike, deren Gesundheitszustand sich verschlechtert und es völlig unklar ist, was ihr fehlt. Dann ist da noch Katharina, ihre beste Freundin, die sich seltsam verhält. Aber Felicitas verdrängt vorläufig diese Gedanken, weil Rike spurlos verschwindet ...

Leseprobe:

Spieglein, Spieglein, was soll ich tun?

Fassungslos schaute ich mein Spiegelbild an und war der Meinung, dass es mit mir gesprochen hat.

Wurde ich verrückt oder war ich nicht richtig wach? Schließlich hatte ich eine schlaflose Nacht hinter mir. Mein Freund Markus war schuld daran. Ich ließ den gestrigen Abend Revue passieren. Dabei hatte alles wie an jedem Freitagabend begonnen. Ich freute mich auf unser gemeinsames Pizzaessen. Er stand wie immer mit zwei Kartons vor der Tür und es duftete verführerisch nach meiner Lieblingspizza mit Meeresfrüchten. Gutgelaunt begrüßte ich ihn mit einem Kuss und er strahlte mich freudig an. So kam es mir auf jeden Fall vor.

„Hey, gibt's was zu feiern?", hatte ich ihn gefragt.

„Aber sicher doch", antwortete er.

„Na dann, komm erst einmal herein."

Nachdem ich über mein Essen hergefallen war, als hätte ich drei Tage nichts mehr gegessen, schaute ich Markus an und fragte: „So, jetzt spann mich mal nicht länger auf die Folter und erzähle mir, was es Schönes zu feiern gibt."

Langsam stand er auf, sah mich feierlich an und kniete sich vor mir nieder. Dabei wurde mir ganz flau im Magen, ahnte ich doch, was da kommen würde. Und so war es dann auch gewesen. Markus hatte mir einen Heiratsantrag gemacht, mit der Absicht, sich zu verloben. Sogar die Ringe waren in seiner Hosentasche.

Was soll ich sagen? Es verlief nicht so, wie er es sich vorgestellt hatte. Ich musste ihn ziemlich entsetzt angeschaut haben, denn er sprang auf und sein Lächeln war verschwunden.

Schnell versuchte ich, dem Abend eine andere Wendung zu geben, aber es war zu spät. Es endete im Streit. Mein Freund hatte mir an den Kopf geworfen, dass ich ihn nicht lieben würde. Und als ich dann nicht gleich antwortete, war er einfach davongestürmt.

Mir wurde erst bewusst, was ich angerichtet hatte, als die Wohnungstür mit lautem Knall ins Schloss gefallen war.

Erneut schaute ich nun in den Spiegel.

Ein blasses Gesicht, umrahmt von einer goldblonden, ungezähmten Lockenmähne, sah mir entgegen.

Ich überlegte, ob ich dabei war, meinen Verstand zu verlieren, oder ob tatsächlich der Spiegel mit mir gesprochen hatte?

Feli, also mein Spiegelbild – eigentlich hieß ich ja auf Wunsch meiner Oma Felicitas – hatte gesagt: „Du darfst ihn auf keinen Fall heiraten."

Verwirrt ließ ich mich auf dem kleinen Hocker nieder, der neben dem Waschbecken platziert war. Ich schlug die Hände vors Gesicht.

Wut kam in mir auf. Wie hatte mich Markus nur so überrumpeln können?

Sofort wurde mir klar, wie ungerecht ich war, weil mein Freund ein netter und einfühlsamer Mensch ist.

Vor meinem inneren Auge erschien das Bild dieses gutaussehenden Mannes mit seinen dunkelbraunen Haaren. So akkurat, wie sein Kurzhaarschnitt, hatte er sein ganzes Leben geplant. Er war als erfolgreicher Chirurg in einer kleinen Privatklinik tätig. Dass er Arzt war, ließ meinen Vater, der es als Anwalt zu etwas gebracht hatte, in volle Begeisterung ausbrechen. Dass ich in einer gewöhnlichen Buchhandlung im Verkauf arbeitete, anstatt „was Gescheites", wie er sich ausdrückte, studiert zu haben, konnte er nie verstehen.

Das Klingeln an der Haustür riss mich aus meinen Gedanken. Wer konnte das jetzt sein?

So, wie ich gerade aussah, wollte ich eigentlich keinen Besuch empfangen.

Nach kurzer Überlegung warf ich mir einen Bademantel über und eilte zur Tür. Nachdem ich mich mit einem Blick, aus dem Fenster vergewissert hatte, dass es sich bei dem Überraschungsgast um meine beste Freundin Katharina handelte, ließ ich sie herein.

Statt einer netten Begrüßung meinte Kathi, wie ich sie immer nannte: „Wie siehst du denn aus? Hast du durchgefeiert?"

„Wünsche dir auch einen guten Morgen. Komm doch herein", rief ich ihr hinterher, da sie schon an mir vorbeigeschossen war und sich im Wohnzimmer auf dem riesengroßen Sofa aus rotem Stoff niedergelassen hatte. Ausgerechnet auf meiner Lieblingsseite, wo man die Füße hochlegen konnte. Resigniert setzte ich mich auf den anderen Teil.

„Du kommst mitten in der Nacht hierher und wunderst dich, wie ich aussehe?", konnte ich mir nicht verkneifen zu sagen.

„Ha, mitten in der Nacht ist gut. Es ist 11:00 Uhr. Allerdings wurde ich heute Morgen um sieben geweckt. Und weißt du auch von wem?"

„Nein, aber du wirst es mir sicher gleich sagen."

„Von Markus."

„Von Markus?"

„Ja, von deinem Freund.“

„Und was wollte er?“, fragte ich verständnislos.

„Wissen, ob du einen anderen hast.“

„Das darf doch nicht wahr sein“, entfuhr es
mir.

Meine Freundin lächelte mich an.

„Ich würde vorschlagen, du machst uns jetzt
erst einmal einen Kaffee und dann erzählst du
mir, was vorgefallen ist. Was meinst du dazu?“

„Gute Idee“, erwiderte ich zaghaft, erhob mich
und stolzierte Richtung Küche, die sich gegenüber dem Wohnzimmer befand.

Katharina sprang ebenfalls auf, eilte zu mir,
legte ihren Arm um meine Schultern und sagte:
„Du wirst sehen, nach dem Frühstück sieht die
Welt wieder ganz anders aus.“

Nachdem ich schweigend Kaffee aufgesetzt
hatte und die Maschine vor sich hin blubberte,
setzte ich mich in der kleinen Küche meiner
Freundin gegenüber an den runden Tisch. Rechts
und links von uns gab es nur Küchenzeilen, mehr
hatte dort keinen Platz. Es war für mich das
Schönste, mitten im Raum zu sitzen. Und alle
Gäste fühlten sich hier ebenfalls wohl, wenn man
sich auch kaum bewegen konnte.

„Was ist los?“, unterbrach Kathi die Stille.

„Puh, stell dir mal vor, Markus hat mir gestern einen Antrag gemacht."

„Echt jetzt? Aber du scheinst dich nicht gerade darüber zu freuen."

„Ach, ich weiß auch nicht. Das kam jetzt so plötzlich", erwiderte ich ausweichend.

„Ich glaube ja immer noch nicht, dass er der Richtige für dich ist."

„Jetzt fang bloß nicht wieder mit dieser Leier an, dass …"

„Doch genau damit. Meiner Meinung nach seid ihr, also Felix und du, füreinander geschaffen", beharrte Kathi auf ihrem Lieblingsthema.

„Das ist absoluter Blödsinn", empörte ich mich, wie jedes Mal, wenn die Sprache darauf kam.

„Wir kennen uns seit unserer Jugend. Felix ist mein bester Freund, so wie du meine beste Freundin bist."

„Nun ja, lassen wir das Thema", beschwichtigte Kathi mit Blick auf den inzwischen durchgelaufenen Kaffee.

„Ah, ich hab schon verstanden." Ich lächelte und erhob mich, um den Wachmacher, Brot, Butter und Marmelade aufzutischen.

Wir plauderten nach dem Frühstück eine Weile, aber meine Gedanken schweiften immer wieder ab.

Nachdem Kathi gegangen war, beschloss ich, meiner Mutter einen Besuch abzustatten.

Manchmal war sie die beste Freundin für mich.

Manuela Kusterer

Gefährliche Entscheidung

Kriminalroman

Seiten 308

ISBN 9783751937092

Wie eine falsche Entscheidung das Leben verändern kann ...

In Pforzheim fühlt sich Luisa Kessler beobachtet und verfolgt. Nach dem Tod ihres Mannes versucht sie, sich zusammen mit ihrer Tochter Annabelle ein neues Leben aufzubauen. Als sie gerade beginnt wieder glücklich zu sein, erhält sie eine Nachricht, die ihre ganzen Pläne ändert.

Ungefähr zur gleichen Zeit wird in Berlin eine Studentin bestialisch ermordet.

Nachdem eine weitere junge Frau auf die gleiche Art und Weise ermordet aufgefunden wird, ermittelt das Polizeiteam auf Hochtouren. Bald wird Hauptkommissarin Maren Westphal und ihrem Kollegen klar, dass es der Täter noch auf ein weiteres Opfer abgesehen hat. Es ist ein Wettlauf mit der Zeit.

Manuela Kusterer

**Wer nicht vergessen
kann, muss töten**

Seiten 208

ISBN 978-3-7357-2154-9

Es ist nicht das erste Mal, dass Privatermittler Andreas Stahl einen Drohbrief bekommt. Aber dieses Mal spürt er die Gefahr greifbar nahe. Der Verfasser des Briefes droht, sein Leben zu zerstören. Acht Wochen danach verschwindet seine Frau spurlos. Die Polizei unternimmt nichts, weil es keine Anzeichen für ein Verbrechen gibt.

In Pforzheim wird eine Frau auf entsetzliche Weise ermordet. Für die Ermittlungen ist das Polizeirevier Pforzheim zuständig. Das Team befürchtet, dass das erst der Anfang ist.

Nachdem Stahl von seiner totgeglaubten Frau einen verzweifelten Anruf bekommt, beginnt er die Suche nach ihr. Die Spur führt ins Ausland. Im Zuge der Ermittlungen kreuzen sich die Wege des Detektivs aus Karlsruhe und der im Mordfall ermittelnden Polizeibeamten. Hat das Verschwinden von Margarete etwas mit dem Fall zu tun?

Manuela Kusterer, am 18.01.1964 in Pforzheim geboren, lebt heute mit ihrer Familie in Remchingen. Die Autorin hat 2016 mit dem Schreiben der Schwarzwaldserie *Lea und ihr Team* begonnen. Es folgten drei weitere Bände. Danach veröffentlichte sie eine dreiteilige Romanserie. *Die Liebe, das Leben und die täglichen Katastrophen* ist der erste Band. Im Anschluss entstanden drei unabhängige Kriminalromane, die zu keiner Serie gehören. Zuerst *Wer nicht vergessen kann, muss töten,* dann *Gefährliche Entscheidung* und *Gefährlicher Deal.* 2022 erschien der Roman *Spieglein, Spieglein, was soll ich tun?.* Im Oktober 2023 wurde das erste Buch der neuen Regionalkrimiserie *Mörderische Zeiten* veröffentlicht. Der zweite Teil *Mörderische Beziehungen* erscheint im April 2025.

Besuchen Sie die Autorin im Internet:

www.manuelakusterer.com
oder in Facebook:
Autorin ManuelaKusterer